Ellinor Wikman

Slussvaktarinnan i Töcksfors

PROLOG
År 1920

I min famn låg ett nyfött barn. En flicka. Hennes liv hade tänts samtidigt som ett annat liv tagits ifrån oss. På andra sidan sängen satt barnets far. Jag skymtade skräck och vanmakt i hans förvridna ansikte. När jag tittade in i barnets klarblå ögon fylldes jag av beslutsamhet. Mitt ansvar skulle bli att skydda henne tills döden skilde oss åt.

Fadern reste sig. Hans sinne var tungt, så påverkat av situationen att hans ben knappt bar honom. Innan han lämnade rummet betraktade han mig och barnet. Det var sista gången jag såg Paul och sista gången han såg sin dotter.

Under dagarna som följde levde jag som i en dimma och hade svårt att skilja dröm från verklighet. Vad hade jag precis varit med om?

Bredvid mig i sängen låg hon, Lilly, helt omedveten om vad som hänt henne i livets början. Jag strök med pekfingret över hennes ljusa ögonbryn och hörde hennes andetag.

KAPITEL 1
År 2017

"Maxime, nu kommer bollen."

När Milla rullade bollen till sin lillebror hörde hon hur det knastrade under vardagsrumsbordet. Hon visste direkt att den rullat över aska från en cigarett. Ljudet var välbekant.

"Vänta Maxime. Jag hämtar bollen."

Hon gick in i köket och hämtade en bit hushållspapper och blötte den under kranen. Diskhon var omringade av tomma vinflaskor och ölburkar.

När hon kom tillbaka till vardagsrummet var hennes treårige bror redan under bordet för att hämta bollen. Milla suckade och lutade sig ner för att torka upp askan från fimpar under det vita billiga IKEA-bordet.

Hon stoppade sin bror i farten och granskade hans byxben. Milla borstade av dem trots att hon inte såg någon aska.

Det var några dagar innan Millas artonårsdag och hon och hennes mamma hade kallats till Socialen för ett möte om sysselsättning för Milla under sommaren.

Mötet började om mindre än en timma och Milla undrade om hon skulle ringa soctanten och ställa in eller ta med sig Maxime på spårvagnen.

Hon ringde sin mamma för tredje gången, inget svar.

"Fånga", skrek Maxime.

Han kastade bollen upp i luften och den landade i den nedsuttna bruna tygsoffan.

Dörren öppnades och på några sekunder insåg Milla att hon skulle få gå ensam på mötet. Jane, deras mamma, som varit på stan för att köpa mat, hade förmodligen tagit en barrunda istället. Några matkassar syntes inte till när hon snubblade över skorna i hallen.

Milla ville inte lämna sin lillebror ensam med henne, men vad hade hon för val. Hon satte på sig jackan.

8

"Vart ska du?" sa Jane.

Hon la sig i soffan och letade tafatt efter fjärrkontrollen till TV:n.

"Vi har ett möte med soctanten om fyrtiofem minuter."

Milla hämtade sin mobil från vardagsrumsbordet, samtidigt som hon tog upp Maximes boll från soffan. Hon satte sig på huk intill sin lillebror. Han satt på golvet vid TV:n och tittade storögt på henne.

"Jag kommer snart. Jag måste bara åka spårvagn en stund."

Milla klappade sin lillebrors tjocka bruna hår, gav honom bollen och lämnade sedan lägenheten utan att vända sig om. Hon var trött på att vara den osynliga dottern.

KAPITEL 2

Spårvagnen gnisslade när den körde över Götaälvbron. Milla var glad att det inte var någon broöppning. Hon tyckte inte om att komma försent till avtalade möten. Hennes mamma hade vunnit pris i att komma sent och Milla ville inte bli jämförd med henne. Några minuter innan tre öppnade Milla dörren till Socialkontoret. Hon tog tag i första bästa tidning, men kunde inte koncentrera sig. Istället började hon bita på naglarna. Det var så svårt att låta bli. En ful ovana hon ärvt av sin mamma. Soctanten hade en röd klänning och matchande örhängen. Vid förra mötet hade hon haft en blå klänning.

"Välkommen Milla. Kommer Jane lite senare?" Soctanten fick en rynka mellan ögonbrynen och granskade Milla.

"Hon hade lite mycket idag, så hon kunde inte följa med." Milla tittade ner och snurrade en slinga av sitt mörka hår med pekfingret. Hon hatade att ljuga. Det hade blivit vardag. Hon hade skyddat sin mamma så länge hon kunde minnas. Trots att soctanten förmodligen visste hur det låg till var det svårt att säga sanningen.

"Jag ringer din mamma när vi avslutat vårt möte. Jag tror att både jag och du inser att du behöver komma bort från Göteborg över sommaren, till att börja med", sa hon.

Milla noterade att hon hade rött läppstift. Munnen rörde sig hela tiden. Hon pratade och pratade. Milla hörde en del, men långt ifrån allt. *Ska jag verkligen lämna Maxime ensam hos mamma en hel sommar?* tänkte hon.

Efter mötet tog Milla spårvagnen till Centralstationen och köpte en biljett till en liten ort i Värmland som hette Töcksfors.

I fickan på de tajta jeansen låg en lapp med en mejladress till någon som hette Marianne. Det var hon som anlitat Milla som slussvaktare under sommaren.

När hon återigen satt på spårvagnen började hon skriva ett blogginlägg om längtan efter att ha en närvarande mamma, om lättnaden över att slippa allt en stund, men också om fasan över att lämna Maxime. Skulle hon lämna allt?

KAPITEL 3

Längst fram i bussen fanns ett äldre par som skulle resa till Arvika för att hälsa på sina barn och barnbarn. I övrigt var det bara Milla och busschauffören ombord på bussen. Milla bet på naglarna igen. Vad hade hon gett sig in på? Hur kunde hon gå med på att ta ett sommarjobb i Töcksfors av alla ställen? Soctanten hade sett nöjd ut när hon stolt presenterat arbetet som slussvaktare i de värmländska skogarna. Hon menade att Milla behövde miljöombyte, komma bort från Göteborg, få nya bekantskaper och arbetslivserfarenhet. Framför allt ville hon att Milla skulle få en paus från sin mamma, som förmodligen var en betydande orsak till hennes psykiska ohälsa.

Men Töcksfors, tänkte Milla, samtidigt som bussen passerade gränsen mellan Dalsland och Värmland.

Vägen slingrade sig fram och det var skog så långt ögat kunde nå. Solen kikade fram mellan trädtopparna då och då. Resan från Göteborg till Bengtsfors kändes som en hel evighet. Milla trodde inte att det var möjligt för bussen att köra långsammare, men hon hade fel.

Mitt i all tristess upptäckte hon något som väckte hennes intresse. Intill vägen fanns ett gammalt järnvägsspår, där människor cyklade på små vagnar. Det såg ut som om de tog sig fram genom att trampa på pedaler. På de flesta vagnar fanns två personer, en av dem cyklade och den andre satt bredvid. Milla såg en skylt där det stod *Varning för dressin*.

Hon loggade in på sin blogg via mobilen och läste igenom det opublicerade inlägget. I början av bussresan hade hon skrivit om beslutet att flytta till Töcksfors över sommaren och hur hon lämnat hemmet utan att säga hejdå. Hon hade erkänt lättnaden över att få komma ifrån allt en stund, men också oron över vad arbetet skulle innebära och paniken över att lämna sin lillebror.

Innan publicering skrev Milla några ord om bussresan och om de dressinåkande turisterna i de värmländska skogarna. Det dröjde inte många minuter förrän hennes följare började kommentera. Millas blogg fick nya läsare varje dag och hennes öppenhet kring sin livssituation bidrog till att människor engagerade sig och kommenterade flitigt.

För Milla var skrivandet lika viktigt som att äta och sova. Ibland skrev hon två blogginlägg på en och samma dag. Då och då bifogade hon foton och oftast var det ett foto av teckningar som hon ritat i blyerts.

Genom bussfönstret såg hon en man långsamt trampa sig framåt på en dressin samtidigt som han matade sin hund med korv. Milla log svagt och la en slinga av sitt långa, mörkbruna hår bakom örat. Hon gjorde ett försök att fotografera mannen och hunden med mobilkameran, men insåg att det inte var någon idé. När bussen åkt förbi dem omslöts de åter av skog.

När hon förstod att hon snart var framme i Töcksfors fick hon svårt att andas. För att minska stressen och dämpa ångesten inför det nya tog Milla fram sitt skissblock och en blyertspenna. Andningssvårigheterna minskade i takt med att skissen utvecklades.

Mannen och hunden syntes tydligt på papperet när bussen passerade Årjäng. Milla höll den en bit ifrån sig och funderade över om bilden var tillräcklig bra för att publiceras i nästa blogginlägg, men hon hann inte fundera klart.

"Töcksfors nästa", sa busschauffören och Milla plockade ner mobilen, blocket och pennan i sin väska.

KAPITEL 4

Vid busshållplatsen i Töcksfors centrum stod en äldre man och väntade. När Milla klev av bussen presenterade han sig som Åke. Hon hann knappt säga sitt namn innan han vände på klacken. I rask takt började han gå mot kyrkan i det lilla samhället.

Var har jag hamnat? Inte en enda affär. Kan du ta det lite lugnt? tänkte Milla. Hon skyndade efter mannen som snart var framme vid en bro som gick över kanalen mellan torget och kyrkan.

"Övre slussen", sa mannen och pekade.

Han stannade upp några sekunder vid en trappa mitt på bron. Milla hann se ett stort träd intill slussen och ett konstverk som tronade upp sig mot himlen. I övrigt var det träd och vatten så långt ögat kunde nå.

"Inspirerad av forntiden", mumlade Åke.

Milla antog att han syftade på konstverket i sten som såg ut som fyra gigantiska stolar med ett runt bord i mitten.

De korsade vägen och gick in bland bostadshusen.

När de passerade sista huset på gatan skymtade Milla återigen vattnet.

Åke började rota runt i de djupa fickorna på sina arbetsbyxor och fiskade upp en nyckelknippa. De kom fram till ett gult hus med vita knutar.

"Här bor min fru och jag", konstaterade Åke.

Sedan fortsatte han förbi huset och gick mot en skogsdunge.

"Slussvaktarstugan."

Åke nickade mot ett litet hus bland träden.

"Gick resan bra?" frågade han.

"Ja, men den va lång", sa Milla.

Sedan halkade hon på en trädrot, men återfick balansen.

14

De fortsatte stigen fram till den röda lilla stugan. Åke låste upp dörren och Milla följde efter in. Nyfiket såg hon sig omkring. Hon kände doften av bastu och en svag doft av såpa. Milla noterade att stugan bestod av ett enda rum med våningssäng, ett runt köksbord, fyra stolar, ett litet kylskåp, två kokplattor och en mikrovågsugn. Det fanns även en hurts med lådor intill kylskåpet. Milla antog att det var där bestick, tallrikar och grytor förvarades.

"Finns det toapapper på toan?"

Milla nickade mot dörren där hon trodde att toaletten fanns.

"Jag ska se efter."

Åke kikade in i det lilla rummet och höll snart upp en toapappersrulle.

"Du får diska här."

Åke pekade på handfatet i det lilla badrummet med minimal dusch och en toalettstol som stod på snedden för att få plats.

När soctanten hade berättat om arbetet hade Milla fått kontaktuppgifter till arbetsgivaren. Hon hade mejlat fram och tillbaka med en kvinna som hette Marianne. Milla misstänkte att det var Åkes fru och att det var hon som städat och ordnat toapapper.

Milla nickade som svar till Åkes kommentar. Hon hade varit med om värre. Att bo ensam i ett litet hus på landet och diska i ett handfat intill en toalett var inget som avskräckte henne. Hon hade lärt sig att uppskatta ensamheten och det enkla livet och skulle nog trivas bra i stugan under sommaren. Om man levde med människor som inte klarade av att hantera sina liv var snygga och moderna lägenheter överskattade. Hon hade flyttat runt med sin mamma till olika lägenheter i Göteborg, som oftast ägdes av killen som Jane var tillsammans med för tillfället.

Milla väcktes ur sina funderingar av Åkes mörka stämma.

"Du börjar klocka nio i morgon."

Åke var på väg ut genom ytterdörren. Milla nickade igen och stängde dörren efter honom.

Hon hade fortfarande väskan över axeln. Milla ställde den i underslafen på våningssängen och plockade ur innehållet. En tonåring som flyttat runt mycket lärde sig att packa lätt. Hon plockade upp mobilen, laddaren, lite kläder, skissblocket och blyertspennorna.

Dessa föremål var de enda hon tagit med sig när hon lämnade lägenheten tidigare samma dag. Äntligen var hon myndig och bestämde över sitt eget liv. Artonårsdagen hade hon firat för några veckor sedan. Eller firat och firat. Hon hade sett en barnfilm tillsammans med Maxime medan Jane var ute på ännu en pubrunda.

Kylskåpet i slussvaktarstugan innehöll endast en liten flaska bubbelvatten, så på kvällen promenerade Milla till Töcksfors köpcentrum för att köpa mat. När hon passerade kyrkan häpnade hon över kontrasten mellan alla vita och lila blommor mot det blå vattnet. Fåglarna kvittrade och utanför turistgården satt ett medelålders par, vid ett av borden på uteplatsen, och spela kort. Milla korsade rondellen vid köpcentrumet och såg två raggarbilar som väntade i kö vid drive in för att köpa hamburgare. Killarna i de båda raggarbilarna verkade försöka spela samma dansbandslåt samtidigt, men hamnade i osynk.

"Öj, är det du som ska va i slussen?" ropade en av killarna från bilen längst fram. Han hade precis fått sin hamburgare och vinkade med påsen mot Milla. Hon nickade och fortsatte mot affären. *Vet de vad jag heter också?* tänkte hon.

När kassörskan höjde på ögonbrynen när hon skulle betala insåg Milla att hon kommit till ett litet ställe ute i skogen, där alla kände alla.

Hon skakade på huvudet åt sina tankar när hon gick över parkeringsplatsen utanför köpcentrumet. Det var patetiskt att uppleva det som olustigt att alla kanske visste vem hon var, när bloggade så öppet om sitt liv på nätet. Raggarbilarna syntes inte till.

Innan hon somnade var hon noga med att ställa in mobilalarmet. Hon ville inte komma för sent till sin första arbetsdag.

KAPITEL 5

Klockan halv nio nästa morgon lämnade Milla slussvaktarstugan. Det daggvåta gräset hade redan hunnit blöta ner hennes tunna svarta skor när hon kom till Åkes hus. Hon gick gatan fram i rask takt, men vek sedan av ner mot vattnet. Bussen hade stannat i närheten av slussen, så hon visste vart hon skulle och kunde ta en omväg utan att komma för sent. Intill vattnet låg ett ljusgult hus och utanför huset skymtade Milla en dam vid rosenbuskarna. Hon kände hur kvinnans blick brände i ryggen. Under resten av vägen växte en nyfikenhet fram hos Milla. Vem var egentligen kvinnan?

Några minuter innan nio stod Milla redo vid konstverket inspirerat av forntiden. Hon satte sig i en av stenstolarna med en stolsrygg som var flera meter hög.

"Samlar du kraft?"

Milla blev förvånad när hon hörde en kvinnoröst. Hon hade väntat sig att Åke skulle möta henne vid slussen. När hon vände sig om såg hon istället en mager kvinna, i hans ålder, komma emot henne med spänstiga steg.

"Marianne, Åkes fru."

Kvinnan sträckte fram sin smala, brunbrända hand.

"Milla."

"Konstverket kallas Kraftsamlaren", sa Marianne.

Istället för att gå till slussen, som Milla förväntat sig att de skulle göra, så gick de ner för en trappa till en brygga nedanför slussen. Där låg en motorbåt förtöjd.

"Din tjänstebåt."

Marianne klappade på den rödvita plasten som utgjorde båtens skrov.

Milla kände hur det knöt sig i magen. Soctanten hade inte sagt något om att hon skulle köra motorbåt. Det här var verkligen ingen bra idé. Hon ångrade genast att hon accepterat sommarjobbet vid Dalslands kanal.

"Du lär dig snabbt", sa Marianne.

Det var som om hon anade Millas osäkerhet.

"Först ska jag visa dig hur komradion och slussen fungerar." Så lämnade hon hastigt bryggan och tog trappan upp mot konstverket igen. Det var som om hon bytt strategi för hur upplärning av den nyanställda skulle gå till.

"Du behöver kunna kommunicera med båtfolket." Hon räckte fram en svart komradio och visade Milla anropsstationen, där båtfolket kunde kontakta henne. På panelen fanns en röd knapp för anrop, en gul knapp för att tala och en liten högtalare.

"Din egen mobil får du lämna i slussvaktarstugan", fortsatte Marianne och nickade mot mobilen i Millas hand.

Milla, som hade sett fram emot att blogga mellan slussningarna, upplevde med ens att sommaren blev mycket sämre än väntat. Hon kände en ilska blossa upp.

När Milla vaknat samma morgon hade inlägget om flytten och dressinerna fått fler kommentarer än väntat. Många av hennes följare uttryckte glädje över att hon fått möjlighet att resa ifrån Göteborg. De hoppades att hennes psykiska hälsa skulle förbättras under sommaren. Hon förstod att många var oroliga för henne och ville inte göra läsarna besvikna genom att publicera färre inlägg.

Det måste ju finnas en lösning på problemet, tänkte Milla. Hon såg sig omkring medan ilskan avtog. Hon sökte efter ett gömställe till mobilen. Runt slussen fanns flera potentiella platser men ingen av dem var tillräckligt skyddad från regn.

Milla väcktes ur sina tankar när en större motorbåt lade till vid bryggan intill tjänstebåten.

"Vi slussar första båten 09:30," sa Marianne.

När det var dags för slussning visade hon Milla vilka knappar hon skulle trycka på. Vatten släpptes på och därefter öppnade slussporten. Mannen som väntat kvar på bryggan, skyndade sig ner i båten och körde in i slussen. Stora murstenar omgav båten när den var på plats. Milla stängde slussporten och såg hur mannen kikade fram i aktern på båten. Marianne gick dit för att kasta ner ett rep till honom, som han fäste i båtens bakre del.

"Kallas aktertamp", ropade Marianne till Milla.

Mannen gick fram till båtens för och Marianne kastade ner ytterligare ett rep, väl förankrat i slussens kant.

"Kallas förtamp."

"Har du inga fendrar", ropade Marianne till mannen. Han skakade på huvudet. Marianne höll repet i båtens akter spänt och mannen kämpade med repet i fören. Hon bad Milla att släppa på mer vatten. När vattnet fylldes på rörde sig båten och det fanns en risk att den skulle skrapas mot stenmuren.

Det tog tid att fylla slussen och Milla undrade hur hon skulle veta när det var dags att stänga av vattentillförseln och öppna nästa port. Snart vinkade Marianne till henne och Milla förstod att vattnet skulle stängas av och att porten skulle öppnas. Mannen vinkade farväl och åkte vidare. Milla stängde slussporten medan Marianne halade in och rullade ihop repen.

"Den båten saknade fendrar, flytbojar som ska skydda båten från att skrapa i slussens väggar."

Marianne berättade att Milla skulle ansvar för två slussar under sommaren, den nedre och den övre slussen. Det var därför hon behövde tjänstebåten.

Det kom ett anrop på komradion. Milla kände sig osäker och lämnade över den till Marianne. Det var dags för första turen i tjänstebåten och Marianne visade henne hur hon startade den. Milla förstod att det var som att starta en gräsklippare. Hon hade ofta suttit i parken för att komma bort från bråk och skrik hemma. Där hade hon sett parkarbetarna starta gräsklipparna och sätta på sig hörselkåpor. Att dra i snöret för att starta tjänstebåten skulle hon nog klara av, men hur styrde hon?

"Jag kommer vara med dig hela veckan", sa Marianne.

Milla drog en suck av lättnad.

KAPITEL 6

På dagarna slussade Milla båtar tillsammans med Marianne och på kvällarna bloggade hon i slussvaktarstugan.

När hon promenerade till och från arbetet gick hon sällan den väg som Åke visat henne första dagen. Istället tog hon en omväg, så att hon kunde gå längs med vattnet.

Varje morgon och kväll iakttog hon den äldre damen, som bodde precis vid Dalslands kanal. Hon satt alltid på huk i trädgården, vänd mot kanalen, och ansade sina gigantiska rosenbuskar. Varje gång Milla passerade så kikade hon fram mellan rosorna. Blicken var nyfiken men vaksam. Hennes ljusgula hus låg ungefär en kilometer från Åkes och Mariannes bostad.

Veckan gick snabbt och successivt arbetade Milla mer och mer självständigt. Sista dagen fanns Marianne bara med som en skugga och Milla utförde samtliga arbetsmoment ensam. När arbetsdagen var slut passade Milla på att fråga Marianne om kvinnan med rosenbuskarna. Hon hade redan förstått att alla kände alla i Töcksfors.

"Elna är en bitter gammal dam", svarade Marianne.

Hon berättade att damen varit aktiv i kyrkans syförening, men att hon sedan många år tillbaka knappt pratade med någon.

"Jag tycker faktiskt lite synd om henne", sa Marianne.

"Trist", sa Milla eftertänksamt.

Milla satte på sig sin jacka och sa hejdå till Marianne. Det hade varit en varm dag och åskan hängde i luften.

När hon gick till slussvaktarstugan funderade hon över vad Marianne berättat. Hon bestämde sig för att stanna till vid rosenbuskarna och hälsa på Elna.

Det hade börjat duggregna men Elna satt ändå på knä och pysslade om sina rosor. Milla vinkade till henne och hon reste sig mödosamt. Hennes kropp var tung och hon gungade fram när hon gick för att möta Milla.

När hon kom ut genom grinden såg Milla att hennes knän var leriga och att den grå kjolen hade lera längs fållen. På några meters avstånd presenterade hon sig som Elna Paulsson. Hon tog av trädgårdshandskarna och la armarna i kors över de tilltagna brösten. Milla tänkte att Elna liknade hennes mormor. En bestämd kvinna med mycket obearbetad sorg.

"Tro inte att du ska få kaffe. Jag dricker inte kaffe."

Elna snörpte på munnen och blundade längre än normalt innan hon öppnade de grågröna ögonen och granskade Milla. Det såg ut som om hon högfärdigt inväntade en hälsning värd en kunglighet. Trots Elnas otrevliga ton var det något hos henne som intresserade Milla. Men svar på tal hade Milla alltid haft.

"Ser jag ut som om jag dricker kaffe, eller?", svarade hon.

Elna ryggade tillbaka. *Vilken granne*, tänkte Milla och gick utan att säga sitt namn, men hon log. Kvinnan var verkligen lik hennes mormor.

KAPITEL 7

Den kvällen bloggade Milla om sin mamma och mormor.

I ett hus i Lerum, där bodde min mormor när jag var barn. En sträng dam som alltid betraktade mig över sina läsglasögon. Blicken var bestämd och tungan vass, ändå älskade jag henne. Hon skyddade mig så gott hon kunde från mammas alkoholism och brist på omsorg. Ibland glömde mamma hämta mig hos mormor och då fick jag sova över. Jag minns att det var tyst och att jag kände mig trygg i huset.

Hos mamma var det alltid högljutt om kvällarna. Festandet tycktes aldrig ta slut. När jag vaknade på morgonen kunde det vara svårt att ta sig in på toaletten eftersom berusade människor, som sov ruset av sig, blockerade toalettdörren.

Jag minns särskilt en gång när jag försökte öppna dörren till badrummet och en man grep tag i mitt ben. Jag blev så rädd att jag kissade ner mig. Jag lyckades ta mig loss och sprang tillbaka till mitt rum.

Redan när jag var tre år, lika gammal som min lillebror Maxime, lärde jag mig att stanna på mitt rum. Det var ensamt och tråkigt. Jag var otrygg och hela tiden vaksam över vad som hände utanför min dörr. Skulle någon av de berusade människorna ta sig in i mitt rum och somna i min säng?

För att få tiden att gå lekte jag med min låtsaskompis Lex och min docka Lisa. Jag var alltid redo att gömma mig under sängen. Det fanns en nyckel att låsa dörren med, men jag vågade inte använda den. Tänk om jag aldrig mer skulle komma ut.

Milla kände hur tårarna och ilskan vällde fram som så många gånger förut. Tanken på att Maxime befann sig i den miljön var outhärdlig. Hon önskade att hon hade kunnat ta med sig sin lillebror till Töcksfors. Han var bara ett litet barn och behövde uppmärksamhet dygnets alla timmar. Det gick inte att sköta ett arbete och ta hand om Maxime samtidigt. Hur hade han det nu? Bodde de kvar hos mammas nya kille på Hisingen?

En vecka hade passerat och det var fullt möjligt att de flyttat vidare till en ny man med alkoholproblem.

Milla sprang ut barfota och hittade en pinne som hon slog mot ett träd. Hon skulle precis vråla när någon harklade sig bakom henne.

KAPITEL 8

"Men kära vän! Hur är det med dig?"
Milla sjönk ihop vid trädet, lutade huvudet mot dess hårda bark och släppte pinnen till marken. Marianne gav henne ett brev.
"Jag har mått bättre," sa Milla och tog emot kuvertet. *Säkert från soctanten*, tänkte hon. Hon granskade det och insåg att hon hade fel. Handstilen var annorlunda. Marianne vände sig om för att gå men dröjde sig kvar.
"Du vet var vi bor om du behöver något", erbjöd hon.
Milla fick ur sig ett svagt tack till svar, kom på fötter och gick mot slussvaktarstugan. Brevet hade väckt hennes nyfikenhet och ilskan hade avtagit.
Vem hade skickat brevet? Ingen visste ju var hon befann sig. Hon hade lämnat Göteborg, utan att meddela någon att hon fått sommarjobb i Värmland. Samtidigt var det ingen hemlighet, alla som följde hennes blogg visste att hon var i Töcksfors över sommaren.
Milla var alltid noga med att aldrig använda sitt riktiga namn i bloggen. Ludmila var osvenskt. Milla passade bättre in i det svenska samhället.
Till Milla bloggerskan stod det på kuvertet, men handstilen var knappt läslig. Visst var hennes mamma mer onykter än nykter, men skriva läsligt kunde Jane i vilket tillstånd som helst. Dessutom var hennes text mer luftig och inte alls som den på brevet.
När Milla kom in i stugan gick hon direkt till kökslådorna och tog fram en bordskniv för att sprätta upp kuvertet.
Milla upplevde brevet lika svårläst som adressen och kunde inte tyda vad människan som skickat brevet ville. Hon kunde dock utläsa att avsändaren hette Lilly.

KAPITEL 9

Milla påbörjade sin första arbetsdag ensam i slussen med skräckblandad förtjusning. Det var skönt att slippa ha Marianne som en svans efter sig, men samtidigt var hon rädd att göra fel. Dagen gick dock över förväntan och tjänstebåten startade som den skulle. Milla var fortfarande inte bekväm med att styra den, trots att hon övat hela första veckan.

Komradion var också ett stressmoment. Om det ringde tyskar fick hon be dem tala engelska. Det var lättare när hon träffade dem vid slussen för då kunde hon använda sitt kroppsspråk och peka samtidigt som hon pratade med dem.

Mot slutet av dagen började raggarbilarna från första kvällen vid köpcentrumet att köra förbi övre slussen. Musiken var hög och varje gång de passerade Milla tutade de och vinkade.

När hon gick hem på kvällen var Elnas hus nedsläckt och såg dystert ut. Vad hade hon varit med om? Varför var hon så ensam?

KAPITEL 10

Flera gånger under varje arbetsdag använde Milla tjänstebåten för att transportera sig mellan övre och nedre slussen. Varje gång noterade hon Elnas hus som låg intill kanalen där det fanns en brygga. En mängd turister passerade varje sommar och platsen var perfekt för ett café. Om Elna varit lite mer företagsam kunde hon sålt kaffe och glass istället för att ansa och plocka med sina rosenbuskar. Sedan mindes Milla att Elna inte bjöd på kaffe och ett leende spreds över hennes solvarma kinder.

Det kändes befriande. Hon hade inte känt sig så avslappnad och tillfreds på länge. Vattnet och skogen i Töcksfors gjorde henne gott.

Marianne var trevlig och kompetent men också utåtriktad, som en öppen bok. Under första veckan vid slussen upplevde Milla att samtalen med henne blev för personliga. Hon var inte bekväm med att svara på alla Mariannes frågor.

Elna gjorde däremot Milla nyfiken. Hon påminde mycket om hennes mormor, samma dystra uppsyn och vaksamma blick.

Hon slog av motorn på båten och lade till vid Elnas brygga. Komradion var tyst och hade hon tur skulle hon hinna byta några ord med Elna innan nästa anrop.

Den gamla kvinnan syntes inte till bland rosenbuskarna. Milla fortsatte fram till den ljusbruna dörren och knackade på.

Hon kunde inte mycket om hus, men hon förstod att det här var gammalt och välbevarat.

När Elna öppnade dörren på glänt smet en grå katt ut och Milla tyckte att hon hörde en tyst svordom. Elna tittade upp och såg på Milla.

"Ursäkta att jag stör. Jag är inte sugen på kaffe. Jag heter Milla."

Milla ansträngde sig för att låta vänlig och se snäll ut. Elna skakade långsamt på huvudet men såg en aning road ut.

"Vad vill du? Kom in eller stå kvar."

Hon försvann in i köket till höger om hallen. Milla tog av sig skorna och gick efter. Det fanns så många broderade bonader på väggarna i köket att det var svårt att avgöra tapetens motiv. Bredvid gardinen kunde Milla ändå urskilja ett blommigt tapetmönster. Hon undrade hur en surmulen kvinna stod ut med så många hurtfriska ordspråk. *Borta bra men hemma bäst. Finns det hjärterum finns det stjärterum. Lika barn leka bäst.*

"Ska du bara stå där och glo? Sätt dig!"

Milla kunde inte låta bli att känna medlidande. Vad hade Elna varit med om, som gjort henne så hård och kall? Hörde hon inte hur barsk hon lät? Kanske hade ingen gjort henne uppmärksam på det, utan bara vänt henne ryggen?

Milla satte sig på en av köksstolarna och placerade komradion på bordet. I ansiktet kände hon en strålande hetta komma smygande och förstod att Elna eldade i den vita emaljerade vedspisen. Hon ville fråga varför hon eldade mitt i sommaren, men det fanns inte tid för det. Ett anrop på komradion kunde komma när som helst och då skulle Milla behöva resa sig och gå omedelbart.

"Jag bakar", mumlade Elna.

Hon pekade på en bunke med en kökshandduk ovanpå.

Milla nickade till svar. Ur fickan tog hon fram det ihopvikta brevet som Lilly skickat. Elna satte sig på kökssoffan mittemot med ryggen mot fönstret.

"Jag har fått brev från en följare och jag fattar inte vad det står."

"Vadå följare? Är det värmländska?" skrockade Elna.

"Jag har en blogg på internet och den är ganska populär."

Milla hade många följare men det var lätt att förstå att Elna inte var en av dem. Hon räckte över brevet som av handstilen att döma nog var skrivet av en äldre person.

"Åh, det var smått", sa Elna.

Hon sträckte sig efter läsglasögonen på fönsterbrädet. "Ja, det må jag säga. Nog är hon gammal alltid. Nittiosju år, då är hon född 1920. Du milde tid. Har de internet på hemmen numera?"

Elna tryckte upp läsglasögonen för att de skulle sitta bättre vid näsroten. Sedan började hon läsa högt ur Lillys brev.

Bloggerskan Milla,

Ditt inlägg om dressinen här i trakten tog mig med storm. Min far var med och byggde järnvägen, som stod klar då jag var åtta år. Jag har följt din blogg under en längre tid och tycker mycket om att ta del av ditt liv. Jag uppskattar ditt sätt att skriva om livets upp- och nedgångar. Det känns som om det är meningen att du ska arbeta just i Töcksfors denna sommaren.

Du tycker kanske att det är märkligt att en kvinna som för länge sedan passerat bäst-före-datum kontaktar en ung tjej som du. Jag är nittiosju år och borde ha tagit tag i detta för många år sedan, men tiden går. Ska jag vara ärlig är den egentliga anledningen att jag inte funnit någon som passar för jobbet.

"Räcker det inte att vara slussvaktarinna? Ska du ha fler jobb?"

Elna skakade på huvudet. Lillys brev hade väckt Millas nyfikenhet och hon ville veta mer. Vad ville Lilly?

Jobb? Milla orkade inte med fler syrliga kommentarer.

"Kan du vara snäll och läsa vidare?"

Min adoptivmor lämnade efter sig femtiosju dagböcker och jag skulle hjärtans gärna se att de sammanställdes till en bok innan jag lämnar det här livet.

Det är tunna, svarta skrivhäften ett för varje år, från 1905 fram till 1962. Hon skrev fram till dess hon dog på hemmet bara några dagar efter min adoptivfar. Tänk att det är femtiofem år sedan.

Om du vill ha jobbet, jag betalar dig givetvis, så bokar jag en taxi som kan komma med kartongen med dagböckerna.

Tack för din fina blogg Milla!

Vänliga hälsningar

Lilly

"Känner du Lilly?" undrade Milla.

"Nej, jag känner ingen Lilly. Jag undrar vilket äldreboende hon bor på? Det måste stå något viktigt i de där dagböckerna om hon är villig att betala för att du ska skriva en bok om det." Milla tog emot brevet som Elna vikt ihop. Något mjukt tryckte sig mot hennes ben och när hon tittade ner såg hon den grå katten. Det sprakade till i komradion och Milla stoppade tillbaka brevet i fickan och sa ett snabbt hejdå.

"Slussvaktare Milla. Vad kan jag hjälpa till med?" svarade Milla.

När Milla körde iväg med tjänstebåten tänkte hon att det förmodligen inte var så vanligt att Elna hade besök. Hon undrade när någon hade varit inte inne i huset senast. När Milla hade rest sig för att gå var det som att en del av Elnas hårda fasad hade rämnat. Hennes ansiktsuttryck var mjukare och när hon sa hejdå fanns det en antydan till ett leende i hennes mungipor.

Vem var Lilly? Vad fanns i adoptivmammans dagböcker?

KAPITEL 11

Den natten drömde Milla om Maxime. Hon hade inte träffat sin lillebror på några dagar och hon saknade honom mycket. I verkliga livet var han tre år, men i drömmen var han nyfödd och låg intill henne i sängen. Det var Milla som bar ansvaret för Maximes liv och rädslan att rulla över honom i sömnen och kväva honom till döds gjorde att hon inte sov på hela natten. Hon vaknade med tårar i ögonen och längtade så förtvivlat efter honom. Det var märkligt att drömma att hon höll sig vaken när hon sov. Hur hon än vände och vred på sig kunde hon inte somna om. Tillslut gav hon upp. Istället fokuserade hon på Lillys önskan om boken och det kändes skönt att förflytta tankarna.

Kunde Milla skriva en bok? Det var ju en helt annan sak än att skriva blogginlägg. Om hon tackade ja till Lillys erbjudande behövde hon hjälp att läsa dagböckerna. Hur skulle hon kunna tyda dagböcker skrivna för hundra år sedan om hon inte ens kunde tyda Lillys handstil i brevet?

"Har dagböckerna kommit ännu?" ropade Elna när Milla kom gåendes mot hennes hus. Hon satt på knä vid rosorna med en sekatör i handen.

"Nej, inte än och jag kan inte skriva boken själv. Jag kommer inte förstå ett ord av det som står skrivet i dagböckerna", svarade Milla.

Elnas grågröna ögon gnistrade till och Milla undrade om hon såg ett hopp tändas i dem. Hon passade på att fråga det hon funderat över sedan hon såg henne för första gången. Elna verkade ju vara på gott humör, så det gällde att passa på.

"Elna, varför sitter du här och ansar dina rosor varje dag?"

Svaret dröjde och det var som om Elna övervägde att berätta sanningen eller ljuga.

"Jag är en nyfiken kvinna som längtar efter min alldeles egna Clint Eastwood. Jag hoppas alltid att min blivande man ska komma med nästa båt."

Satt hon där om dagarna och drömde om att få vara med i *Broarna i Madison County*? Det var en av de få filmer Milla sett tillsammans med sin mamma. Clint Eastwood arbetade som fotograf för National Geographic och filmen hade inspirerat Milla att starta bloggen.

"Jag kanske kan hjälpa dig att läsa dagböckerna", erbjöd sig Elna.

Innan Milla hunnit svara på erbjudandet vände hon sig om och började gå mot sitt hus.

"Kom med in", sa hon.

KAPITEL 12

Nästa dag satt de återigen i Elnas kök. Milla iakttog Elna när hon mödosamt reste sig från kökssoffan för att hämta brevpapper. I ögonvrån såg hon hur katten hoppade upp på soffan för att lägga sig till rätta. Elna gick fram till en vitmålad byrå med mässingsbeslag som såg ut att tillhöra kungen. I översta lådan tog hon fram ett brevpapper. När hon kom tillbaka till köksbordet såg Milla att det var av det dyrare slaget och att det låg tillsammans med en penna i en vacker ask.

Elna drog ut stolen och satte sig bredvid Milla.

"Ska du eller jag skriva?" undrade Milla.

"Vem är det som är bloggerskan i det här sällskapet?"

Milla förstod piken och fattade pennan. De formulerade svaret till Lilly tillsammans och bestämde sig för att tacka ja till erbjudandet att skriva boken. Men brevet undertecknades endast med Millas namn.

När Milla gick hem tog hon en omväg förbi Töcksfors köpcentrum för att posta brevet. Elna hade bjudit på frimärket, ett julfrimärke mitt i sommaren. Hon sa att hon brukade skicka julkort till en väninna i Fågelvik.

Det doftade nyklippt gräs och fåglarna kvittrade när hon passerade kyrkogården. De vita och lila blommorna, som hon inte visste namnet på, var om möjligt ännu vackrare än hon mindes dem.

Under promenaden tillbaka till slussvaktarstugan fick Milla en idé kring ett blogginlägg och skyndade sig hem. När hon kom innanför dörren började hon skissa på en teckning som föreställde nedre slussen och på ena slusskanten ritade hon ett brev placerat under en sten. När hon var nöjd med teckningen så fotograferade hon den och bifogade den i blogginlägget.

I inlägget skrev Milla att hon tackade ja till arbetet. Hon skrev också att arbetsgivaren kunde sända henne kartongen med dagböcker.

Det var ett kryptiskt blogginlägg och väldigt annorlunda mot Millas annars så öppna och informativa texter. Under kvällen blev följarna som tokiga och hade tusen frågor. Det roade Milla att läsa alla kommentarer.

Hon somnade med ett leende på läpparna och för första gången på länge kände hon att hon var på väg att göra något meningsfullt. Irritationen över att soctanten lurat upp henne till de djupa värmländska skogarna hade förbytts mot förväntan och kanske till och med en gnutta tacksamhet.

KAPITEL 13

Slussvaktarinnan i Töcksfors blev snabbt Millas nya namn i bloggvärlden. Hon försökte hålla bloggen levande och lyckades även om hon sällan kunde skapa inlägg dagtid. Hon trotsade mobilförbudet och hade med sig mobilen till jobbet, men det var inte ofta hon kunde blogga på arbetstid.

Det var en av hennes följare som börjat kalla henne för *Slussvaktarinnan i Töcksfors*. Milla gillade namnet och döpte om bloggen.

Milla tog sig tid att prata med båtturisterna, njuta av vattnets brus i slussen och fiskmåsarnas skrän i skyn. Vädret hade ingen betydelse för henne. Bara tjänstebåten startade så var hon nöjd.

En kväll hade Åke fått komma till undsättning när båtmotorn blivit sur. Det spöregnade den dagen och när Milla skulle ta sig till övre slussen, så vägrade båtmotorn att starta. Milla ringde till Åke, som snart var på plats för att hjälpa henne. Han fick snabbt igång motorn. Milla torkade undan en våt hårslinga från sitt blöta ansikte, tittade upp på Åke och tackade för hjälpen innan hon skyndade vidare till övre slussen.

När hon kom hem på kvällen tog hon en varm dusch och sedan skrev hon ett blogginlägg om regn och sura båtmotorer. Hon avslutade med att hon längtade efter att få ytterligare ett arbete och såg fram emot att få ett paket levererat de närmsta dagarna. Även detta blogginlägg väckte många frågor hos följarna. Milla ville inte berätta om arbetet med dagböckerna förrän hon var säker på att det skulle bli av.

KAPITEL 14

En dag stod den äntligen där utanför dörren till slussvaktarstugan, Lillys kartong med dagböcker. Milla visste inte vem som längtat mest – hon eller Elna. Hon bar in kartongen och satte den på det lilla köksbordet vid fönstret. När hon lyfte på locket hittade hon även ett brev från Lilly. I kuvertet fanns ett brev och tvåtusen kronor. Milla hade aldrig haft så mycket kontanter.

Hon lyfte varsamt upp alla svarta anteckningsböcker och la dem på bordet. Milla blundade en kort stund och tog ett djupt andetag. Det var så spännande att de äntligen hade kommit. Hon upptäckte att dagböckerna var märkta med årtal på insidan av varje pärm. Det skulle underlätta arbetet med boken.

Det var alldeles för tungt att bära hela kartongen hem till Elna, så Milla sorterade ut dagböckerna från 1905 till 1920, året då Lilly föddes. Hon stoppade försiktigt ner dem i en pappkasse och skyndade hem till Elna.

KAPITEL 15

"Det var då för väl. Jag trodde nästan att hon hade ångrat sig", utbrast Elna.

När Milla placerade dagböckerna efter årtal på köksbordet märkte hon att Elna hade svårt att sitta stilla. Hon plockade med läsglasögonen och benen studsade upp och ner under bordet.

"Vi har fått en förskottsbetalning", sa Milla.

Hon gav Elna brevet.

Milla föreslog att de skulle använda pengarna till att köpa en dator. Det var inte rimligt att skriva en bok på mobilen.

"Jag kan ta bussen till Arvika imorgon och köpa en", sa hon. Det kändes bråttom. Hon ville börja skriva boken och snart låta Lilly få uppleva att hålla ett exemplar i sin hand. Hon hade aldrig mött den gamla kvinnan, men kände ändå en samhörighet med henne. Lilly hade sett något i Millas texter och det betydde mycket för henne.

"Pengarna kommer aldrig räcka till en ny dator. Jag känner en gubbe här i trakten som har begagnade datorer att sälja för en billig penning. Jag kan ordna en dator till oss imorgon", sa Elna.

Milla insisterade på att de skulle dela lika när Lilly gav dem resten av betalningen.

"Jag är inte intresserad av pengarna", svarade Elna.

Hon visade tydligt att hon inte ville diskutera saken genom att börja läsa högt ur Lillys brev.

Bloggerskan Milla!

Om du bara visste hur glad jag blev när jag läste ditt blogginlägg där du accepterade erbjudandet om att sammanställa dagböckerna om min adoptivmammas liv.

Jag är frisk och kry, men i min ålder vet man aldrig hur länge man får se träden och fåglarna. Därför vore det fint om boken kunde vara klar efter sommaren. Jag skulle så gärna vilja träffa dig. Min syn är begränsad, så jag får din blogg uppläst för mig. Därför vore det fint om du kunde läsa bokmanuset för mig. Hör av dig när du kommit en bit på väg med boken.

Jag har hört att det är kostsamt att trycka böcker, men oroa dig inte för det. Jag har bestämt mig för att satsa pengar på detta projekt. Det känns viktigt att skapa en bok som innehåller historien om min adoptivmammas liv.

Vänliga hälsningar
Lilly

Elna plockade upp den första dagboken från 1905. Milla noterade hur hon betraktade henne över läsglasögonen innan hon började läsa. Precis som hennes mormor brukade göra för att se om Milla var redo att höra en saga. Milla kunde inte låta bli att le.

"Vi ska skriva en bok om Karin, född Ingmarsdotter gift Alberg."

Vem var Karin och vilka händelser skildrades i hennes dagböcker? Milla ville veta mer.

"Språket är ålderdomligt. Vi får nog arbeta om en del så att boken blir begriplig för yngre läsare", fortsatte Elna.

Sedan högläste hon och Milla skrev. Snart började första kapitlet i Lillys bok att ta form. Det var ovant för Milla att skriva för hand, men inom kort skulle hon få renskriva allt på den nya datorn. När hon skrivit klart läste de kapitlet tillsammans och jobbade med omformuleringar.

KAPITEL 16
Första kapitlet i Lillys bok
År 1905

Vår första vinter i herrgården var mycket kall. Våren var därför välkommen och har bjudit på riklig grönska. Algot har lyckats väl och har gjort allt fler affärer i Stockholm.

Hjalmar Branting är Sveriges nya statsminister.

Vi har iordningställt arbetarbostaden och anställt två kvinnor och en man. En man och en kvinna arbetar vid järnvägen mellan Bengtsfors och Vårvik om dagarna. Kvinnan bistår arbetarna med mat och mannen bygger järnvägen tillsammans med andra män. Den andra kvinnan hjälper mig med hushållssysslor.

Jag har upptäckt att det finns mycket tiggare här omkring och jag vill göra något för dem. Jag ska tala med Algot när han kommer åter från hufvudstaden.

Jag är 25 år fyllda och min längtan efter barn är oerhörd. Algot anser att vi kan vänta. Varför är det så svårt för mig att acceptera?

Det kanske skulle göra många kvinnor förargade att jag sörjer att jag är barnlös, men kanske har de inte längtat efter barn sedan de var femton år. Är jag onormal?

Jag går till älven när jag gråter då hinner tårarna torka och ögonen är mindre röda när jag kommer hem igen. Jag brukar säga att jag ska gå för att tvätta, men sanningen är att den enda tvätt kläderna får är mina tårar.

Ibland kommer små fåglar från träden och gör mig sällskap. Det är som om de försöker trösta mig. Jag gråter över oron att inte få bli mor till ett barn, mitt och Algots barn.

KAPITEL 17

Milla längtade efter att få fortsätta skriva mer om Karins och Algots liv. Datorn som Elna köpt fick stå hos henne eftersom det var där de arbetade med bokmanuset. Dagarna vid slussen gick långsamt och Milla hade svårt att koncentrera sig på bloggen. Trots det fortsatte läsarna att öka i antal.

Elnas intresse för att leta efter kärleken ombord på förbipasserande båtar hade minskat och därmed också hennes tid vid rosenbuskarna. Istället satt hon på verandan och läste i Karins dagböcker. På så sätt sparade de tid och Elna kunde återberätta det hon läst under dagen när Milla arbetat klart i slussarna. En kväll när Milla kom hem till Elna hade hon somnat i korgstolen på verandan med Karins dagbok i sina händer. Solen stod lågt på himlen och reflekterades i fönstret bakom henne. På det lilla bordet låg en trave med svarta dagböcker intill en vas med rosa rosor.

Milla väckte henne. Hon kände sig förväntansfull och ville höra vad Elna läst under dagen. De förflyttade sig till köket.

Till en början var Elna trött men snart började hon minnas vad hon läst och började berätta för Milla.

KAPITEL 18

En kväll när de arbetat intensivt i flera timmar, överraskades Milla av att Elna oväntat delade med sig av något från sitt liv.

"Jag var också slussvaktare en gång i tiden", sa Elna plötsligt. Milla slutade skriva mitt i en mening och väntade på att Elna skulle berätta mer.

"Var du anställd?"

Svaret dröjde. Elna släppte taget om dagboken från 1908 och började istället klappa Grolles mjuka päls. Katten låg alltid på soffan intill henne när de arbetade med boken.

"Min make var anställd som slussvaktare. Frans var glad i att dricka och jag fick hoppa in istället för honom flera dagar i veckan. Tur att jag var hemmafru. Eller inte?"

"Trivdes du med att vara slussvaktarinna?"

"Jag var ung och vältränad på den tiden. Det var nog bra för mig att få en paus från allt här hemma. Jag fick möta båtfolk. När Frans var nykter var han snäll och skötte sitt arbete, men han var sällan nykter."

Elna tog av sig sina läsglasögon och torkade en tår som letat sig fram i ögonvrån.

"Det var en lättnad när han dog i sviterna av sin alkoholism."

Elna kunde inte längre hålla tillbaka tårarna.

De satt tysta en stund. Milla stängde locket på den bärbara datorn och tittade på Elna som torkade tårarna med en näsduk.

Hon berättade att hon aldrig varit tillsammans med en alkoholist men att hennes mamma drack och att det var anledningen till att hon tagit arbetet i Töcksfors. Milla beskrev sin sorg över att behöva lämna kvar sin lillebror i Göteborg. Om hur mamman druckit ohämmat under hela graviditeten och oron över vilka skador det kunde innebära för Maxime.

Milla hade endast pratat med Socialtjänsten om sina upplevelser i hemmet och att öppna sig för Elna gjorde henne sårbar och skakig. Elna reste sig och gav henne ett glas vatten. "Barn har en otrolig förmåga att läka både inre och yttre sår", sa Elna.

När Milla gick hem kände hon sig ledsen och lugn på en och samma gång. Det var en lättnad att få berätta för Elna om livet och att få dela erfarenheter med något som också levt nära en alkoholist. Men oron över Maxime hade ökat och ångesten gjorde sig påmind. Hjärtat rusade. Hon ville resa hem till Göteborg och skydda honom. Det var hennes plikt att skydda honom.

KAPITEL 19
År 1908

Jag är 28 år och besöker älven allt oftare. Sorgen och förtvivlan över att inte bli gravid griper tag om mig och håller mig i ett järngrepp. Ibland känns det som om någon håller mig under älvens vattenyta. Jag gråter så att jag inte får luft. För att lindra sorgen vill jag hjälpa andra barn. Jag borde kanske ha talat med Algot om detta.

Sommaren på herrgården har varit framgångsrik, men jag har äventyrat Algots affärer med stockholmarna. Han är en sådan snäll man, som aldrig brusar upp.

Inför besöket hade jag klätt upp mig. Jag stod i entrén och hälsade dem välkomna. Korsetten var aningen åtsittande och mitt halsband för tungt.

Jag visade männen till dukat bord och gick sedan för att se vem som knackade på ytterdörren. Var det en försenad affärsman?

När ytterdörren öppnades möttes jag av en fattig kvinna med två smutsiga barn istället för den kostymklädda man som jag förväntat mig.

Barnen stod på var sin sida om sin mor och jag såg rädsla i deras ögon. Hur många rika människor hade avvisat dem? Ja, kanske till och med skrikit åt dem. Jag bad dem vänta utanför.

När Algot och hans affärsmän ätit färdigt fanns det gott om mat över. Männen förflyttat sig till salongen för att avnjuta kaffe och cognac.

Jag bjöd in den utarmade familjen till vår matsal och lät dem förse sig med mat.

Till en början var både kvinnan och barnen väldigt försiktiga. De var nog tagna av rummets storlek och nog aldrig sett så mycket mat på en och samma gång. Till min glädje tog de snart för sig av maten.

Algot som var helt aningslös om att jag tagit mig friheten att bjuda in tiggare till vårt hus. När han och hans sällskap var klara för kvällen passerade de matsalen för att ta sig från salongen till entrén.

Männen höjde på ögonbrynen när de såg den fattiga familjen sitta vid det bord de nyss lämnat. När de kom ut i entrén hörde jag hur flera av männen höjde rösten och talade oförskämt till min man. "Hur kan du låta din fru göra dig till åtlöje?"

"Vad är du för en man som inte kan stoppa din kvinnas galenskaper?"

Efter denna händelse måste Algot resa till Stockholm för att stärka sina affärsrelationer. Det är tråkigt att det drabbade Algot negativt, men samtidigt så ångrar jag inte att jag bjöd in tiggarkvinnan och hennes barn till vårt hem. Vi har så det räcker och blir över.

KAPITEL 20

"Båten skrapar i!"

Kvinnan i familjen skrek hysteriskt. Som tur var stod det inga turister på bron för biltrafik och fotograferade. Milla var upptagen med att hålla repet vid aktern. Mannen i familjen var påverkad av alkohol och hade svårt att hålla balansen i fören. Hans fru ville putta ut båten genom att skjuta ut den från stenmuren.

"Gå till din man och ta tag i repet istället", ropade Milla.

Båten hade fendrar och kvinnans oron bottnade i något annat. Kanske var det första gången de slussade? Kvinnan ropade till barnen att sätta sig ner i båten. De var troligen tvillingar i sexårsåldern, båda hade flytvästar. Milla kände sig mer orolig över den överförfriskade mannen i sällskapet än barnen. Till slut stod vattnet tillräckligt högt och ingen föll överbord.

"Gå i land och slussa inte förrän han är nykter!" ropade Milla.

Kvinnan nickade och tittade på sin man, som inte tycktes ha hört vad Milla sagt.

Milla och Elna hade fortsatt prata om sina upplevelser av alkohol- och medberoende. De hade många liknande erfarenheter. Elna hade täckt upp för sin man så att han inte skulle få sparken från sitt arbete. Hon visste aldrig när hon var tvungen att arbeta i slussen. Trots att Frans gång på gång var elak mot henne ställde hon alltid upp.

Han utövade aldrig fysiskt våld mot henne, men hade nedvärderande åsikter om hennes utseende, matlagning, städning och till och med om hennes rosor.

Elna berättade hur hon med åren upplevde att hon blev mer och mer bitter.

"Om nätterna drömde jag om min prins Eastwood som kom och räddade mig med sin fina båt", sa Elna. Milla kunde inte låta bli att le mitt i allt det sorgliga. Alla bonader fick en förklaring. När hon flyttade in i huset tillsammans med Frans var hon säkert levnadsglad och såg ljust på livet. Elna hade kanske varit en helt annan kvinna, om hon inte hade behövt leva så många år med Frans.

Milla kände igen mycket av det Elna berättade. Alla gånger hon skyddat sin mamma var svårräknade. Som när hon inte kunde betala varorna i matbutiken och nästan blev tagen av polisen. Hon började ofta bråka med personalen i olika affärer och det var otroligt pinsamt för Milla. Hon mindes också alla gånger hon skyddat sin mamma när de varit på möte hos Socialtjänsten.

"De kommer ta dig. Du får inte säga att jag stänger in dig när jag har fester. Jag vet att det är fel Milla, men snälla säg det inte."

Det knöt sig i magen när hon berättade för Elna.

"Åh, kära barn", sa Elna.

Milla såg i hennes blick att hon verkligen brydde sig om henne. Det började kännas mer och mer som början på en långvarig vänskap.

Milla hade få vänner. Hon hade flyttat runt mycket och kunde sällan träffa vänner hemma. Det var en sorg att tvingast bryta upp när hon precis kommit in i en klass och lärt känna några klasskamrater. Hon mindes att hon ibland hade blivit så arg på sin mamma att hon försökt rymma hemifrån. Men det dåliga samvetet fick alltid Milla att gå hem igen efter några timmar och återigen hjälpa sin mamma att packa.

KAPITEL 21
År 1915

Världskriget har gjort att priserna i Sverige skjutit i höjden. De fattiga blir allt fler och jag är tacksam över att vi har det bra, jag och Algot. För några år sedan talade jag äntligen med honom om min sorg över att vi är barnlösa och min längtan efter att få hjälpa människor som har det svårt. Vi är överens om att vi har i överflöd och kan dela med oss till behövande.

Vi har många anställda som arbetar på herrgården och bor i arbetarbostaden. Jag lär känna dem mer och mer. Alma från Göteborg har stor byst och plutande läppar. Hon drar ofta upp klänningen för att rätta till strumpebandet, när en av arbetarna ser. Det är Paul hon fått upp ögonen för. Jag ser hur han börjar falla för frestelsen, men vet att han skulle få det så mycket bättre med Astrid.

Häromdagen stod jag i vårt sovrum och vek tvätt med utsikt över fältet. Jag såg Astrid och Paul promenera tillsammans efter en arbetsdag vid järnvägen.

Jag bad för deras framtid och kände instinktivt att jag ville lära känna dem båda.

De är blonda och fräkniga båda två. Paul har en brun basker och blå ögon. Han har varit luffare, men slagit sig till ro här på vår herrgård i Arvika.

Astrids hår är som solen och rågen. Det lyser om hela flickan. Jag mötte henne i fattighuset för några månader sedan och såg hur hon själv var fattig, men ändå undervisade barnen, en riktig eldsjäl.

Jag satte mig bredvid en gammal man som betraktade henne medan hon undervisade. När lektionen avslutades satte hon sig intill oss. Den gamle mannen och Astrid blev som ett.

"Evert är min bäste vän", förklarade hon.

Hon var föräldralös och när hon kom till fattighuset hade hon snabbt tagit till sig Evert som sin egen morfar. Han var godhjärtad och Astrid betydde lika mycket för honom, som han för henne. När vi samtalat en stund bad jag henne följa med ut i trädgården utanför fattighuset.

"Jag är här för att erbjuda dig arbete", sa jag.

Astrid fick tårar i ögonen. Sedan kramade hon om mig och jag kände hur våra själar dansade. Det var en märklig upplevelse, en samhörighet jag bara upplevt tillsammans med Algot.

En dag när Astrid var på sitt dagliga besök i fattighuset för att träffa Evert och barnen, gick jag in i arbetarbostaden för att lämna rena handdukar. Då hörde jag Alma tala illa om Astrid för att hon gick till fattighuset var dag.

Jag hörde dem från köket och när jag skulle gå mötte jag Paul. Han kom från köket och var svart i de annars blå ögonen.

"Ursäkta Fru Alberg."

Han trängde sig förbi mig, som om han inte fick luft och inte kunde komma ut fort nog.

"Kalla mig Karin", sa jag.

"Jag trodde Alma var min drömkvinna. Hur kunde jag ha så fel?" sa han.

Jag förstod att han ångrade alla gånger han avvisat Astrid.

"Det är aldrig försent att välja rätt", sa jag tröstande.

Jag följde honom en bit mot fattighuset. När vi såg Astrid komma gående längs grusvägen vek jag av över fältet och låtsades plocka blommor.

Från den dagen jag erbjöd Astrid arbete och bostad på herrgården kom vi allt närmare varandra. Det dröjde inte länge förrän vi funderat ut en plan på hur vi tillsammans kunde hjälpa de fattiga i Arvika.

KAPITEL 22

"Borde vi inte ringa Lilly och berätta hur det går?" undrade Elna.

Hon satt på verandan och läste.

De hade många dagböcker kvar att läsa.

"Vi väntar tills vi kommit fram till 1925. Jag har en annan idé och jag berättar om den när jag kommer tillbaka", sa Milla.

Hon skyndade vidare. Hon hade haft en bra dag på jobbet och hade gått direkt hem till Elna. En bloggidé lockade henne hem till slussvaktarstugan. Hon skulle skriva ett blogginlägg som skulle få Lilly att förstå att boken om Karin började ta form.

Sedan var hon redo att höra Elnas sammanfattning av Karins år 1918. Tänk att det var mer än hundra år sedan Lillys adoptivmamma skrivit dagböckerna de läste.

Milla visslade när hon gick vägen förbi Åkes och Mariannes hus.

När hon kom fram till slussvaktarstugan möttes hon av Maxime som sprang emot henne med öppna armar. Hon fylldes av bävan och lycka. Tårarna vällde fram.

Hon tyckte att han hade blivit så stor, trots att det bara var några veckor sedan de sågs senast. Hans hår hade växt och Jane hade inte gjort några ansträngningar för att klippa det. Tjocka mörkbruna hårslingor dolde hans nötbruna ögon när han kastade sig in i Millas famn.

"Maxime", viskade hon mot pojkens huvud.

I det ögonblicket trodde hon att hon kunde förstå Karins längtan efter barn.

"Bor du här?" sa han.

En bit bort stod en röd gammal Volvo. Bildörren öppnades och Jane klev ur. Hon såg sliten ut och var smalare än Milla mindes henne. Milla orkade inte se på henne utan vände bort blicken.

Hon fick anstränga sig för att stå kvar när hennes mamma kom fram och kramade henne tafatt. Milla hade fortfarande Maxime i sin famn.

"Du har det bra här Ludmila."

Jane doftade svagt av alkohol och cigarettrök. Milla kände så väl igen den ilska som bubblade upp. Hur kunde hon köra onykter med en treåring i bilen? Räckte det inte med att hon drack under hela hans graviditet, var hon tvungen att riskera att skada honom ännu mer?

Instinktivt ville Milla fly, springa iväg från situationen, skydda Maxime. Hon behövde Elna. En trygg person som kunde få hennes hjärta att sluta skena, ilskan att sluta bubbla och slita sönder henne.

Milla stod kvar trots klumpen i magen. Hon visade sig stark inför sin lillebror, försökte skapa en trygg fasad. Istället bjöd hon in dem i slussvaktarstugan och stekte ägg och bacon till dem.

Både Jane och Maxime åt som om de inte ätit på flera dagar. Milla tog ett äpple. Hon betraktade sin familj och tänkte på Karin som gett av sin mat till tiggare. Hon hade nog sett dem äta med samma aptit.

Millas mamma frågade inte om de fick sova över, men Milla förstod att det var vad hon planerat. Maxime tyckte att det var spännande med våningssängen och ville sova i överslafen tillsammans med Milla. Jane fick underslafen för sig själv. Hon smög ut till bilen vid några tillfällen. Milla antog att hon hade flaskor där och att hon tog ett bloss eller pratade i mobilen.

Efter mycket grubblande somnade Milla till slut med Maxime nära intill sig. När hon vaknade var hon varm och svettig på magen där Maxime haft sitt huvud. Även han hade vaknat trots att det var tidigt. Hon hjälpte sin bror ner för stegen och klev sedan ner själv.

Jane syntes inte till och underslafen var obäddad. Milla antog att hon var ute i bilen. Hon öppnade kylskåpet för att ställa fram frukost och det var då hon såg det. Brevet.

KAPITEL 23

Förlåt Milla,
Du får ta hand om Maxime.
Jag har lite saker jag måste ordna.
Kommer tillbaka i augusti.
/Jane

Klumpen i Millas mag knöt sig ännu hårdare. Tårarna sprängde i ögonen. Hon bet ihop käkarna hårt och försökte hålla dem borta. Ville inte visa något för Maxime som satt på golvet och lekte med något. Situationen var omöjlig att hantera. Maxime kunde inte vara med vid slussen på dagarna. Hon hade inte möjlighet att köpa mat så att det räckte till dem båda. Tankarna famlade i ett okontrollerat mörker.

Milla var säker på att det handlade om en man, så var det alltid. Historien upprepade sig gång på gång. Jane behövde leta upp en man som kunde försörja henne och hennes alkoholmissbruk. Milla sprang ut i hopp om att hon inte hunnit åka, men Volvon var borta.

"Mamma!"

Maxime hade följt efter henne ut. Han grät och stod med armarna hängande och huvudet nedböjt. Det gick inte längre att hålla tillbaka tårarna. Milla grät tyst samtidigt som hon kramade sin förtvivlade lillebror. Ännu en gång hade Jane orsakat Maxime smärta. Ännu en gång hade Milla gråtit för att hennes mamma svikit henne.

Milla lyfte upp Maxime och kramade honom igen.

"Vi går in och äter frukost", sa hon.

Samtidigt som hon dukade funderade hon över olika lösningar på situationen. Jane menade förmodligen allvar. Hon skulle inte komma tillbaka förrän i augusti.

Milla kunde omöjligt arbeta som slussvaktare och ha med sig Maxime i tjänstebåten och vid slussarna. Det skulle vara livsfarligt för en treåring att vistas i den miljön.

Efter att de ätit gick de och knackade på hos Åke och Marianne. Milla hade inget val. Hon måste berätta för dem. "Jag tar ditt skift idag", sa Marianne.

Milla andades ut. De promenerade vidare hem till Elna. "Varför kom du inte hit igår? Ska du inte arbeta idag? Är du ledig?" sa Elna.

Milla knackade sällan på ytterdörren när hon kom hem till Elna. När inte Elna fick något svar gick hon ut i hallen. Milla såg hur hon tappade fattningen när hon såg Maxime. Det var som om hon sett ett spöke.

"Det här är min lillebror Maxime. Han ska bo hos mig i en månad."

Elna plockade fram en kasse med lego som hon hade undangömt. Maxime började bygga vid köksbordet. Han fick sitta på en kudde för att nå upp.

Elna och Milla gick ut på verandan och satte sig i varsin stol.

"Mamma var vid slussvaktarstugan igår när jag kom hem. I morse när vi vaknade var hon borta. Hon hade skrivit en lapp, där det stod att hon kommer tillbaka om en månad. Jag vet inte vad jag ska göra. Kommer vi kunna skriva klart boken? Måste jag sluta på mitt arbete som slussvaktare?"

Milla gömde huvudet i händerna. Grolle kände hennes oro och hoppade upp i hennes knä.

Elna var tyst under en lång stund. Milla upplevde det som en evighet. Hennes nyfunna vän var hennes enda hopp.

"Ni får flytta hit."

Elna konstaterade att Milla inte kunde bo ensam i slussvaktarstugan med Maxime. Hon erbjöd att passa honom på dagarna och föreslog att de skulle köpa barnvagn och en barnstol. Något begagnat gick säker att hitta. Det viktigaste var att Milla och Maxime hade det bra. De fick ägna sig åt arbetet med Lillys bok när Maxime somnat på kvällarna.

Milla kände hur huvudet bultade. Hon vilade armbågen på armstödet på stolen och lät pannan ligga tungt mot handen. Under förmiddagen hade hon inte ägnat bloggen en enda tanke. Helt plötsligt hade den hamnat på fjärde plats. Det hade passerat en knapp månad sedan hon kom till Töcksfors och då hade hennes blogg varit lika viktig som mat och sömn. Allt hade förändrats. Som hon saknat sin lillebror. Men det var ju inte så här det skulle bli.

"Jag måste ringa soctanten i Göteborg och berätta vad som hänt", sa Milla.

Hon kände sig uppgiven och klumpen i magen vandrade upp till halsen. Gråten var nära.

"Vi väntar till imorgon. Din mamma kanske ångrar sig. Gå till slussen och be Marianne arbeta imorgon också. Säg att du är tillbaka på jobbet om två dagar."

Milla orkade inte tänka. Hon kunde inte ens uttrycka sin tacksamhet över Elnas handlingskraft.

"Jag måste nog gå och lägga mig lite. Kan jag vila en stund på soffan i vardagsrummet?"

"Betrakta den som din säng en månad framöver."

KAPITEL 24

Milla hade svårt att somna. Det var samma tystnad i huset som i hennes mormors hus i Lerum. Elna hade en soffgrupp i vardagsrummet. Maxime sov i den mindre soffan. För första gången på flera månader drog Milla med fingret över ärret på den vänstra handleden. Den första gången mindes hon bäst. Hon lånade en bänkkamrats pennvässare i klassrummet. Det tog nästen en hel lektion för henne att få loss den vassa metallbiten. På rasten gick hon till en av skoltoaletterna och skar sig. Hon var ny i klassen och orkade inte lära känna några nya barn. Ångesten kvävde henne nästan. Hon ville få ur sig smärta och besvikelsen över att hennes mamma aldrig lyssnade på henne. Hon ville inte flytta. Hon hade aldrig velat flytta.

Såret blev inte så djupt, men ångesten lättade något. Milla torkade bort blodet och drog tröjärmen över det öppna såret. När hon gick till nästa lektion trodde hon inte att hennes lärare skulle misstänka något. Men hon var rädd att hennes bänkkamrat skulle upptäcka att hennes pennvässare var trasig.

Blodet klibbade fast i tröjärmen. När alla elever skulle gå hem för dagen bad läraren att Milla skulle stanna kvar. Kanske hade hon kunnat hjälpa henne om hon fått gå kvar på skolan. Milla mindes blandade känslor inför det som hände därefter. Det var en lättnad att vuxna såg hur dåligt hon mådde, men fasansfullt att behöva flytta igen.

För så snart Millas mamma insåg att skolan gjort en anmälan till Socialtjänsten flyttade hon till en annan stadsdel i Göteborg. Milla fick ännu en gång byta skola och ärendet hos Socialtjänsten lades ner.

Tre år senare föddes Maxime och Milla trodde att allt skulle bli bättre, men ingenting förändrades.

KAPITEL 25

Nedre slussen brusade med full kraft när Marianne släppte på vatten. Milla hade lärt sig höra skillnad på ljudet av vattnet som ständigt flödade in och vattnet som forsade under den tid som en båt fanns i slussen.

Milla hade väntat en bit bort på att Marianne skulle bli klar med att slussa båten. Hon var fortfarande chockad över det som hänt. Hur kunde hennes mamma lämna sin treårige son hos sin artonåriga dotter? Hade Jane någonsin haft ett eget arbete som hon fått behålla? Millas ilska bubblade upp likt vatten i en het källa på Island. Hon tryckte ner den och fortsatte tala med Marianne.

"Jag har pratat med min kontaktperson på Soc i Göteborg. Hon har bokat in ett besök för mig, Elna och Maxime imorgon. Vi ska ta bussen till Årjäng för att besöka Familjecentralen. Jag kan jobba dagen därpå. Kan du jobba för mig imorgon också?'

Marianne nickade och virade in aktertampen.

"Jag bad Åke gå upp på vinden igår och plocka ner lite saker vi sparat från när våra barn var små. Du kan låna barnvagn, barnstol och leksaker av oss."

Milla andades ut. Det var så skönt att allt började ordna upp sig. Hon var tacksam över Elnas, Åkes och Mariannes vilja att hjälpa dem.

Jane hade verkligen bränt sina broar. Det var ett hårt slag. Ett barn hoppades alltid på förändring och längtade efter kärlek från sin förälder.

Milla tackade och gav Marianne en tafatt kram.

"Vi löser det här. Din lillebror kommer ha det bra hos Elna om dagarna. Hon är barnkär."

Marianne föreslog att Åke skulle komma bort med sakerna till Elna redan samma eftermiddag. Hon ringde honom direkt.

Milla hörde början av deras samtal när hon gick tillbaka till slussvaktarstugan för att packade sina få tillhörigheter. I våningssängens överslaf hittade hon en liten grå och luddig nalle. Maximes snutte.

När Milla promenerade tillbaka till Elnas hus motstod hon impulsen att ringa och skälla ut sin mamma. Hon misstänkte att hon ändå inte skulle svara. Istället loggade hon in på bloggen och såg att skissen på Maxime sovande i sängen med tummen i munnen hade fått femtioåtta kommentarer. Det var rekord. Milla hade skapat blogginlägget innan hon promenerade till slussen för att prata med Marianne.

KAPITEL 26

Elna satt vid köksbordet djupt försjunken i en av Karins dag-
böcker. Hon tittade över kanten på läsglasögonen när Milla
kom in i köket.

"Maxime har somnat. Han frågade efter Mimmi. Kallar
han sin mamma för Mimmi?"

Milla höll upp den lilla grå nallen och Elna nickade
förstående.

"Ta fram datorn, så fortsätter vi skriva", sa Elna.

Milla gick in till vardagsrummet och la nallen intill sin
sovande bror. När hon kom tillbaka till köket drog hon ut
köksstolen där datorn alltid låg.

"Det är nu det börjar hända saker", sa Elna.

Hon höll upp dagboken från 1918.

"Varför har du lego hemma hos dig, Elna?"

"Lyssna nu istället. Vi pratar om det en annan dag."

Plötsligt knackade det på dörren. Det var Åke som ville över-
lämna påsar med duplo, duplotåg och tågräls. Han räckte över
dem till Elna för att sedan gå tillbaka till bilen och hämta en
barnvagn och en barnstol.

Så fortsatte de sitt arbete med Lillys bok.

När Milla skulle sova kunde hon inte sluta tänka på varför
Elna hade lego undangömt. Vad var det hon inte ville
berätta?

Milla tyckte ibland att det såg ut som om Elna fick tårar i
ögonen när hon läste om barnlöshet i Karins dagböcker. Var
Elna ledsen över att hon aldrig fick bli mamma?

KAPITEL 27
År 1918

Kriget är äntligen slut.

Jag har fått ett syfte med livet som får mig att sova bättre om nätterna. Tidigare har Algot väckt mig mer än en gång, när jag skriker i sömnen och ropar efter vårt ofödda barn. Nu var det länge sedan sist.

Jag gråter fortfarande vid älven, men jag är inte ensam där nere längre. Astrid gör mig ofta sällskap och gråten är stilla numera. Jag skakar inte längre och ligger inte i fosterställning och kvider. Det känns inte längre som om jag är på väg att drunkna i mina starka känslor, men saknaden efter vårt barn kommer alltid att finnas där.

Algot har ordnat ritningar för min och Astrids skola. Grunden är redan klar nere vid älven. Astrid och jag kommer att arbeta som lärare och alla barn, även de fattiga, kommer vara välkomna till oss.

Astrids entusiasm smittar och jag känner hur livsglädjen rinner till varje gång vi möts och planerar för vår verksamhet. Hon är fantastisk. Algot är givmild och generös. Tacksamheten över livets vändning finner inga gränser.

Häromdagen bjöd vi in Astrid och Paul till middag. Det var så trevligt att äta tillsammans med dem.

När vi skulle lägga oss för kvällen sa Algot att han tyckte väldigt mycket om dem båda två.

Jag hade svårt att sova på grund av allt nytt som är på väg att hända och den glädje jag känner. Det är spännande att planera skolans verksamhet tillsammans med Astrid. Hon har mycket erfarenhet av undervisning och många goda idéer. I mitt inre målar jag upp bilder över utomhusmiljön. Jag ser hur vi bygger barkbåtar som skolbarnen kan prova i älven.

Ibland passerar timmerbåtar. Vi skulle kunna be dem stanna, så att vi får stiga ombord och ställa frågor om deras arbete och vad som kommer att hända med timret? Den bästa lektionen av dem alla.

KAPITEL 28

Socialsekreteraren var insatt i Millas och Maximes situation. Hon hade försökt ringa Jane sedan hon fick ärendet på sitt bord, men inte lyckats få tag på henne ännu. De visades in på hennes kontor. Milla tog Maxime i sitt knä och Elna satte sig intill dem.

"Så länge ni är bosatta i vår kommun kommer jag vara ansvarig för ert ärende."

Socialsekreteraren bokade in Elna för ett möte kring jourfamilj.

"Det är ju många år sedan ni var familjehem, så vi behöver göra en ny utredning. Ludmila och Maxime får såklart bo hos dig under tiden."

Milla förstod äntligen varför Elna hade lego undangömt. Det hade bott barn hos henne för länge sedan, ett fosterhemsplacerat barn.

När de ändå var i Årjäng passade de på att köpa blöjor och burkmat för barn. Maxime försvann i affären och Milla kände paniken komma smygande. Till slut hittade hon honom vid tidningarna och kunde andas ut.

På bussen på väg hem till Töcksfors berättade Milla för Maxime om de leksaker han fått låna av Åke och Marianne. När de pratade om tågbanan började hon berätta om Lillys bok.

"Vi skriver en bok. I den finns det en kille som bygger en riktig tågräls."

Milla hade tappat räkningen på hur hon strukit undan Maximes lugg. Hon bestämde sig för att de skulle klippa hans hår på kvällen.

"Ska vi köra tåg när vi kommer hem?" frågade Maxime.

Han längtade efter att få leka med de nya leksakerna.

Vilken söt liten pojke, tänkte Milla och såg stolt på sin lillebror.

KAPITEL 29

Milla var äntligen tillbaka på sitt arbete vid slussen igen. Hon fick ett meddelande av Elna. Hon skrev att Maxime lekt med tågbanan i flera timmar.

När Milla kom hem lekte hon med sin bror och berättade om hur Paul byggde järnvägen. Maxime lyssnade storögt. Det hade varit en solig dag och många båtturister ville uppleva slussning vid Dalslands kanal.

"Vi måste ta med Maxime för att åka dressin någon dag när du är ledig", sa Elna. Milla försökte dölja sin förtjusning. Det skulle bli världens bästa blogginlägg. Milla insåg att hon längtat efter att få trampa fram i skogen. En längtan som väcktes för en och en halv månad sedan när hon var på väg till Töcksfors.

Dagen då Jane lämnade Maxime hos Milla trodde hon inte längre att det var möjligt för dem att skriva klart Lillys bok. Hennes hopp hade vaknat till liv igen och Elnas lästakt hade ökat. De ville veta hur det skulle gå med Karins och Astrids skola. Elna letade sig ivrigt fram till dagbokssidorna när skolan invigdes.

KAPITEL 30
År 1919

På invigningsdagen hörde jag på ett radioprogram om Elsa Brändström. Hon hade tilldelats Röda korsets guldmedalj för sina insatser för krigsfångar i Ryssland. Jag blev väldigt tagen av hennes historia och hade svårt att sluta gråta. Hon kallas "Sibiriens ängel" och är en sann förebild.

Astrid fann mig gråtandes i sovrummet på övervåningen. Hon hade bjudit in alla från fattighuset till invigningen av skolan och hjälpte mig på fötter för att kunna delta. Hon ledde mig ut i köket för att ge mig lite att äta innan vi gick ner till vår nybyggda skola vid älven. Klänningen kändes trång och jag önskade att jag kunde byta om, men skolan skulle bara invigas en gång och jag ville vara fin.

Träden speglade sig i älvens vatten och deras grönska flöt ihop med den röda nymålade skolbyggnaden. Klassrummet hade många fönster och en enastående utsikt.

Algot höll i ena ändan av ett rött sidenband och Paul i andra änden. De hade båda varit med och färdigställt skolan när de hade tid över. Astrid och jag hjälptes åt att klippa bandet genom att ta i var sin ögla på saxen. När Algot förklarade skolan invigd jublade barnen och alla bjöds på tårta. Jag torkade mina glädjetårar och tackade Gud för möjligheten att ge något till alla dessa fantastiska barn.

KAPITEL 31

"Jag vill också läsa vidare", sa Milla.

Hon såg att klockan på datorn visade 23:23. "Men jag orkar nog inte arbeta om vi ska skriva ett kapitel till. Kan vi vänta till imorgon kväll?"

"Jag sitter uppe en stund till", sa Elna. Milla tyckte att Elna såg frånvarande ut i blicken. Hon hade röda märken på näsroten av sina läsglasögon.

Vilken tur Milla hade haft. Tänk om hon inte lärt känna Elna, då hade det inte blivit någon bok och hon hade inte kunnat fortsätta sitt arbete i slussen. Hon hade aldrig rett ut situationen med Maxime.

Precis när Milla var på väg att somna i tresitssoffan intill sin sovande bror hörde hon snyftningar från köket.

Hon gick tyst på tå och gläntade på dörren. Elna hade gömt ansiktet i sina händer och skakade av gråt.

Milla satte sig intill henne i soffan och klappade henne på ryggen. Under tiden försökt hon tyda Karins handstil. Det var omöjligt för henne att förstå annat än små obetydliga ord.

Väntan var lång innan Elna samlat sig och kunde läsa Karins ord högt. De anteckningar som fått henne att börja gråta.

KAPITEL 32
År 1919

Det var i mitten av september och himlen speglade sig i älven, blå himmel och höga vita moln. Det var eftermiddag och barnen hade slutat för dagen. Astrid och jag hade följt staketet som hindrade barnen från att ramla i vattnet. Vi hade satt oss där vi hade fri sikt ut över den spegelblanka vattenytan.

Vi pratade om de barn som precis lärt sig läsa. Vi hade fått se deras ögon lysa och det fanns inget vackrare. Astrid, som blivit den vän jag saknat hela livet, tog min hand och lade den på sin mage.

"Det växer ett barn i min livmoder och jag vill att du ska få följa graviditeten som om det vore din egen. Det är det minsta jag kan göra för dig efter allt du gjort för mig."

Jag trodde att mitt hjärta skulle stanna. Min femton år yngre vän väntade barn. Jag kramade henne länge. Det var en av de lyckligaste dagar hittills i livet.

Astrids graviditet har varit skonsam mot hennes kropp, men nu mot slutet började det bli tungt för henne att arbeta i skolan varje dag. Jag sköter mycket av undervisningen ensam och längtar lika mycket efter barnet, som Astrid och Paul.

KAPITEL 33

De var uppe till sent den natten. När Milla skrev kapitlet om Astrids graviditet berättade Elna om den lilla pojken som bott hos henne för länge sedan.

"Jag gjorde mig av med alla hans saker. Legot var det enda jag behöll."

"Vem var han?"

Hon berättade att pojken var lik Maxime både till sättet och utseendet. Hon sa att minnen av både glädje och sorg väckts till liv inom henne när hon hade ett litet barn i huset igen.

Elna berättade att hon var tvungen att ringa Socialkontoret.

"Jag ljög och sa att jag inte kunde hantera pojken. Jag ville skydda honom från Frans. Det var ett lugnt och fint barn."

Hon tittade ut i sommarnatten, blundade och tog ett djupt andetag.

"När du berättat om hur det är att leva med din mamma, så har minnena av Frans och den lille pojken kommit tillbaka till mig mer och mer."

Sedan tog hon en paus, som för att hämta sig.

"Det gör ont i mig. Ibland har jag tänkt ta kontakt med honom, men jag har inte vågat. Jag skäms för vad jag gjorde. Det var egoistiskt av mig att ta hit ett barn bara för att jag så gärna ville vara mamma. Jag borde ha tänkt på konsekvenserna innan jag tog beslutet. Idag är han i din ålder."

De satt tysta en lång stund innan Elna tog till orda.

"Milla, jag vet inte om jag orkar läsa det som händer härnäst i Karins och Astrids liv. Det är så orättvist och fasansfullt."

Milla blev orolig och förvånad. Hon trodde att Elnas gråt berodde på dagboksanteckningarna om Astrids graviditet. Hon hade inte väntat sig att de skulle skriva ännu ett kapitel den natten.

KAPITEL 34
År 1920

I min famn låg ett nyfött barn. En flicka. Hennes liv hade tänts samtidigt som ett annat liv tagits ifrån oss. På andra sidan sängen satt barnets far. Jag skymtade skräck och vanmakt i hans förvridna ansikte. När jag tittade in i barnets klarblå ögon fylldes jag av beslutsamhet. Mitt ansvar skulle bli att skydda henne tills döden skilde oss åt.

Paul reste sig. Hans sinne var tungt, så påverkat av situationen att hans ben knappt bar honom. Innan han lämnade rummet betraktade han mig och barnet. Det var sista gången jag såg Paul, första och sista gången han såg sin dotter.

Under dagarna som följde levde jag som i en dimma och hade svårt att skilja dröm från verklighet. Vad hade jag precis varit med om?

Bredvid mig i sängen låg hon, Lilly, helt omedveten om vad som hänt henne i livets början. Jag strök med pekfingret över hennes ljusa ögonbryn och hörde hennes andetag. I fönstret såg jag likbilen köra iväg med hennes mamma. Det var fasansfullt. Jag lovade mig själv att göra allt som stod i min makt för att det lilla barnet skulle få lära känna varje millimeter av sin biologiska mamma.

Jag vill berätta för henne om Astrid varje dag så länge min röst tillåter. Berätta om hennes godhet, hennes förmåga att trollbinda människor när hon berättade om Sveriges historia eller om forn-nordisk mytologi, hennes leende, hennes tro på det goda i varje människa. Hennes tro på livet.

Jag gråter mig till sömns varje kväll. Lilly är ett mirakel, men min kära vän har tagits ifrån mig. Hur kunde Gud ta Astrids liv för att Lilly skulle födas? Visst hade det väl funnits plats för dem båda här på jorden?

Astrid som längtat efter sitt barn i nio månader, sjungit för det och förberett för dess ankomst varje dag. Varför fick hon inte uppleva det? Gud, varför tog du hennes liv?

KAPITEL 35

Klockan hade hunnit bli fyra på morgonen. Elna och Milla grät fortfarande, men på något sätt hade de ändå lyckats skriva ett kapitel om Astrids öde.

Karin som mist sin bästa vän, Lilly som förlorat sin mamma och järnvägsarbetarens Pauls som förlorat sitt livs kärlek.

När Milla skulle gå och lägga sig för andra gången den natten kände hon tacksamhet över att få lära känna sin lillebror. Det gjorde ingenting om Jane inte kom tillbaka. Hon ville inte att hon skulle förstöra Maximes liv mer än hon redan gjort.

"Jag ska skydda dig så som Karin skyddade Lilly", sa hon.

Hon klappade försiktigt på Maximes mörkbruna hår som hade exakt samma nyans som Millas eget. Gemenskapen hon upplevde med sin bror den natten hade hon aldrig upplevt tidigare i livet.

KAPITEL 36

Boken började närma sig året 1925 och Milla hade ringt till Lilly för att fråga om hon fick komma dit och hälsa på. Hon ville läsa upp bokmanuset för henne.

"Tänk att Lilly är barnet vars mamma dog när hon föddes för nittiosju år sedan", sa Milla till Elna.

Millas ögon var glansiga.

Maxime låg i vagnen och sov. Elna och Milla hade tagit med sig två stolar och satt sig på bryggan. Milla hade precis avslutat samtalet med Lilly. Hon var välkommen till äldreboendet. Lilly skulle återkomma med en dag och tid som passade.

Det var en ljus sommarkväll, nästan trolsk. Dimma låg över Dalslands kanal som en tunn hinna och Milla väntade bara på att älvorna skulle komma och dansa på vattenytan.

"Vet du vad jag funderat över de senaste dagarna", sa Elna och blickade ut över vattnet.

"Nej, berätta. Ska du börja dricka kaffe?"

Milla log och tittade på Elna, som på något sätt kommit att bli som en mamma, mormor och vän i en och samma människa.

"I början av min och Frans relation hade han nyktra perioder. Jag minns särskilt en gång när han kom hem med kräftor och sa att han dukat för oss här på bryggan."

Hon fick tårar i ögonen.

"Jag inser ju att jag kanske aldrig kommer att träffa min Clint Eastwood om jag sitter och gömmer mig bakom rosorna."

Hon tog Millas hand i sin och tittade på henne.

"Jag undrar om det är ok att jag ändå tar del av arvodet för boken?"

Milla nickade.

"Jag tänker anlita någon som kan bygga staket runt den här bryggan. Jag vill öppna ett våffelcafé."

"Vilken bra idé. Varför dricker du inte kaffe?" undrade Milla.

"Frans kastade kaffebryggaren i golvet mer än en gång. Han kunde bli vansinnig för att det inte fanns något kaffe till honom. Jag slutade dricka kaffe en dag i hopp om att han skulle inse att det var han som drack upp det. Från den dagen behövde jag aldrig mer åka till Arvika för att köpa en ny kaffebryggare." Milla tryckte Elnas hand.

"Elna berätta mer om pojken. Vad heter han?

"Linus var lugn och vaksam precis som Maxime. Han kunde leka i timmar. Det märks att de har liknande upplevelser. Jag har saknat honom i så många år, men ändå känns det som om det var igår."

"Han kanske fick det bra hos sin nya fosterfamilj", sa Milla. Hon lösgjorde sin hand och klappade Elnas mjuka kind.

"Ska vi gå in och äta kvällsmat?" frågade hon.

Elna nickade. Milla bar stolarna till huset och Elna drog Maximes vagn. Milla kände en samhörighet med Elna och hon uppskattade deras vänskap.

KAPITEL 37

År 1921

"Det är som om livets alla gåtor löses upp när jag ser in i din dotters ögon. Jag önskar så att du vore här hos oss. Lilly är en fantastisk liten människa. Hon är så lik dig på många sätt." Det var några av alla ord jag sa när jag besökte Astrids minnessten tidigare idag. Hon är begravd på kyrkogården, men för min och Lillys skull bad jag Algot beställa en identisk sten att ställa under eken på ängen. Vi ser den från vårt sovrumsfönster. Ett av åtta rum på övervåningen. Jag är så glad att jag inte behöver städa herrgården själv. Tacksam för att det skapar mer tid för Lilly och mig att lära känna varandra.

Häromdagen sprang jag ner till Astrids minnessten under eken, medan Lilly sov i sin vagn i Algots arbetsrum. Jag var så lycklig och ivrig att få berätta för Astrid att hennes dotter tagit sina första steg här på jorden.

KAPITEL 38

Sista slussningen för kvällen blev verkligen minnesvärd för Milla. Vid bryggan stod en lång, solbränd äldre man. När Milla gick fram för att prata med honom, så som hon gjorde med alla båtgäster, upptäckte hon att han talade norska. Det var inte ovanligt för turister vid Dalslands kanal. Många som slussade var från Norge. Det var nära till norska gränsen.

Det som var annorlunda med den här norrmannen var hans utseende. Han var i sjuttioårsåldern. Hans bruna ansikte hade välfårade rynkor och hans hår var silvergrått. Var han inte Elnas Clint Eastwood? Milla måste handla snabbt.

"Ursäkta men är du singel?"

"Jeg er ikke litt for gammel for deg?" skrockade mannen.

Milla kände hur det hettade om kinderna och ångrade att hon inte bara frågat om han var redo för slussning. Så mindes hon Elna igen och fick nytt mod.

"Min vän är i sjuttioårsåldern och hon har längtat efter en man med ditt utseende i ganska många år."

Hon väntade på mannens reaktion.

"Jeg er alene og vennen din er velkommen til å ringe meg. Trond."

Han sträckte fram sin högra hand för att hälsa. Den var valkig men med välvårdade naglar. Han verkade vara en man som arbetade mycket med sina händer. Milla fick hans mobilnummer och önskade att slussningen skulle gå snabbt. Hon ville springa hem till Elna för att berätta om den spännande nyheten.

"Ha en bra dag!" ropade Milla när Trond lämnade slussen."

"Jag tror att jag hittat Clintan idag. Han heter Trond."

Milla höll triumferande fram en papperslapp med ett telefonnummer mot Elna.

"Han är norrman, men det är väl inga problem. Ni pratar ju i princip norska här."

Elna tittade misstänksamt på mobilnumret.

"Var träffade du honom?"

"I mataffären. Skojar! Han slussade så klart. Du kommer inte bli besviken." Milla gav Elna ett leende som kunde få vem som helst att tro på henne.

"Ge mig din mobil!" kommenderade Elna.

"Ska du ringa honom nu?" undrade Milla förvirrat.

"Dumheter. Jag har aldrig sett dig så här vacker. Jag ska knäppa några bilder. Maxime lade pussel på min mobil igår och efter en stund kom han in i köket och tog kort på mig när jag stod vid spisen. Han visade mig symbolen för kameran. Det här blir din nya profilbild till bloggen."

Milla tänkte på Trond och lyckades få till ett lika varmt leende som tidigare. Elna räckte över mobilen för att visa fotot. Milla var beredd att hålla med. Hon hade nog aldrig varit utomhus så mycket som denna sommar. Hon var solbränd och finare än hon mindes.

"Grolle vill inte föla med ut", sa Maxime.

Han stod i farstun på den ljusgula sekelskiftsvillan.

"Kom ut så kommer han att följa efter dig", sa Elna.

Hon lät glad och den bestämda tonen i hennes röst var som bortblåst. Den grå katten och Millas lillebror hade snabbt blivit bästa vänner. Grolle, som alltid sovit i fotändan på Elnas säng, värmde numera Maximes fötter varje natt.

KAPITEL 39

"Jag tycker faktiskt att det är lite sorgligt att arbetet med boken kommer ta slut", medgav Elna.

Milla hade precis avslutat samtalet med Lilly. De hade kommit överens om dag och tid när Milla skulle besöka Lillys äldreboende i Arvika. Hon sa att hon såg mycket fram emot att få träffa Milla. Lilly längtade också efter att få lyssna på när Milla läste boken om hennes mamma högt för henne.

Blogginlägget som skulle fått Lilly att förstå att de kommit en bit på väg med boken blev aldrig skrivet. Istället hade Milla behövt skriva av sig om sin mamma, om Maxime och om deras flytt till Elna.

Elna lade ifrån sig dagboken och reste sig mödosamt upp från kökssoffan.

"Vill du ha lite te och en varm smörgås", sa hon.

Milla nickade till svar.

Sedan hon fått idén om våffelcaféet hade Elna blivit mer och mer som en bullmormor. Hon verkade ta igen alla de gånger som Milla varit på besök om kvällarna och inte ens fått ett glas vatten att dricka.

Köttbullar med mos och lingon var en av Maximes favoriträtter. När Elna såg vad barnmatsburkarna kostade bestämde hon sig för att tillaga egen barnmat. Milla hade haft med sig matlåda med köttbullar till slussen mer än en gång.

Efter kvällsfika fortsatte Elna och Milla att skriva på Lillys bok.

KAPITEL 40
År 1925

Idag är det Lillys femårsdag och därmed lika länge sedan jag förlorade min bästa vän. Efter Astrids bortgång anställdes lärarinnan Märta till vår skola. Hon har gjort ett fint arbete och Lilly är så nyfiken på bokstäver och siffror att vi bestämt att hon ska få börja skolan till hösten. Då kan jag börja undervisa igen. Det känns fantastiskt att få följa Lillys utveckling både hemma och i skolan. Algot är lika förälskad i Lilly som jag. Idag hade vi kalaspicknick tillsammans alla tre. Vi fikade på en filt vid Astrids minnessten under eken. Lilly lämnade lite tårta till sin mamma innan vi packade ihop och gick hem. Älskade barn.

Hjalmar Branting har avgått som statsminister av hälsoskäl och kort därefter avled han. Greta Garbo gör karriär i Hollywood.

När vi var i fattighuset och hälsade på häromdagen pysslade Lilly om de gamla som om hon aldrig gjort annat. Sin mor upp i dagen. Vad jag saknar min Astrid, min kära, kära Astrid.

KAPITEL 41

Milla var mycket nervös inför första mötet med Lilly. När hon klev ombord på den gula bussen som skulle ta henne till Arvika var hon tvungen att se efter flera gånger om laddaren till datorn fanns med i väskan. Tänk om datorns batteri skulle ta slut mitt i läsningen av bokmanuset.

En ännu hemskare tanke, var om Lilly inte alls tyckte om Millas sätt att berätta om Karins liv. En del ord i dagböckerna var gammaldags och till och med Elna insisterade på att Milla skulle byta ut dem mot ett mer modernt språk. Vad skulle Lilly tycka? Det var ju trots allt hon som beställt boken.

När Milla öppnade dörren till äldreboendet i Arvika kände hon den välkomnande doften av kanelbullar.

En undersköterska vid namn Lena visade in Milla till Lillys rum. Korridoren hade ljusblå väggar och pryddes av tavlor med landskapsmotiv.

"Här bor Lilly"

När Lena öppnade dörren till rummet, var det som att komma in i en liten lägenhet. De opersonliga blå väggarna byttes mot oljemålningar och vitrinskåp med porslinsfigurer.

Milla såg en mycket gammal kvinna sitta i en röd fåtölj och titta ut genom fönstret. Det tog några sekunder innan Lilly upptäckte att Milla var i rummet. Mitt i all oro var det som om Milla plötsligt insåg att Lilly inte bara gett henne modet att skriva en bok. Det uppdrag Milla fått av Lilly hade också gett henne livslång vänskap med Elna. Inte nog med det. Hon hade precis avslöjat för sina bloggläsare att hon nu även kunde titulera sig som författare.

Milla satte sig mittemot Lilly.

"Så roligt att äntligen få träffa dig", sa Lilly.

Hon tog Millas hand i sina båda händer.

"Detsamma", sa Milla.

Hon lossade försiktigt sin hade från Lillys grepp och plockade fram datorn. Hon ville få det överstökat.

"Jag tänkte att jag kunde börja med att läsa, så kan vi fika sedan", föreslog Milla.

Lilly satte sig bekvämt tillbakalutad och vinkade till Lena att hon kunde lämna dem. Milla harklade sig och började läsa. Hon läste lugnt och var noggrann med att uttala alla ord precis så som hon skrivit dem. När hon läst klart såg hon att Lillys tårar rann stillsamt i det rynkiga ansikte. Milla blev först orolig, men när hon såg ett leende på Lillys läppar förstod hon att det var glädjetårar. Hon andades ut. Arbetet så här långt var mer än godkänt meddelade Lilly och torkade tårarna med en näsduk.

En stund senare kom Lena med en bricka med saft och kanelbullar. När de var ensamma i rummet igen började Lilly beskriva hur många böcker hon ville att Milla skulle låta tryckas.

Hon berättade att hon kontaktat ett tryckeri som kanske kunde trycka femhundra böcker för tjugotusen kronor. Priset berodde på antal sidor i boken.

Lilly lämnade över ett visitkort till tryckeriet.

"Kontakta dem när du börjar bli klar med boken."

Milla kände sig skyldig att berätta att hon inte kunnat skriva boken utan Elnas hjälp.

"Jo, Lilly. Jag måste erkänna att det varit svårt för mig att tyda både din och din mammas handstil. När jag flyttade till Töcksfors lärde jag känna Elna. Hon har hjälpt mig med bokmanuset. Utan henne hade det inte blivit någon bok."

"Då blir det åttiotusen kronor", sa Lilly.

Utan betänketid berättade hon hur pengarna skulle fördelas.

"Trettiotusen till dig, trettiotusen till din vän Elna och resterande för tryck av boken."

"Tack snälla Lilly!"

Nu var det Millas tur att gråta.

"Du ska veta att det här betyder mer än livet för mig", sa Lilly.

Än en gång höll hon om Millas hand.

Milla ville berätta för Lilly att det var viktigt för henne också, men hon visste inte hur hon skulle formulera sig. Lilly fick läsa om hennes tacksamhet på bloggen istället.

När Milla reste tillbaka till Töcksfors var hon fast besluten att avsluta sommarens skrivprojekt, så snart som möjligt.

KAPITEL 42
År 1930

Algots affärer blomstrar som aldrig förr. Han vågar fortfarande inte ta med affärsmännen till herrgården. Han säger att han aldrig vet vad hans fru hittar på.

Numera kan jag och Lilly plötsligt börja jaga varandra ifrån rum till rum. Det skulle nog inte uppskattas av männen från hufvudstaden.

Sara Leander och Nils Ferlin har gett Sverige två nya stjärnor. Vår kära Lilly är redan tio år och häromdagen läste hon en av Ferlins dikter för mig och Algot. Hon har förvånat oss så många gånger under de tio år hon funnits hos oss.

Algot lät bygga en övervåning på min och Astrids skola under hösten år 1929. Märta arbetar med de äldre barnen där uppe och jag är på markplan med de yngre barnen. Om några månader kommer Lilly att flytta upp en årskurs och undervisas av Märta. Det blir spännande. Hon kommer lära sig mycket med en annan lärarinna som inspiration. Jag har försökt lära henne allt jag kan.

Vi pratar ofta om hennes mor och varje gång vi besöker fattighuset får Lilly höra berättelser Astrid. Tänk att min kära vän växte upp i fattighuset bara ett stenkast från mitt och Algots påkostade hem.

KAPITEL 43

När Milla slussade sista båten för kvällen kände hon mobilen vibrerade i fickan. Hon brukade vanligtvis inte svara på okänt nummer, men den här gången gjorde hon det.

"Milla"

"Gumman. Jag har ordnat upp allt nu. Henrik tvivlade på mig ett tag och jag var tvungen att övertyga honom om att vi har en framtid tillsammans. Vi är vid din stuga i skogen nu. Var är du?"

Inte ett ord om Maxime.

"Jag jobbar", sa Milla sammanbitet.

Milla förklarade vägen till Elna och skyndade sig hem för att förbereda Maxime på att deras mamma skulle komma tillbaka.

"Var e mamma?" sa Maxime gång på gång.

Milla gick fram och tillbaka i Elnas kök.

Några timmar senare kom Jane och Henrik till Elnas hus. Då hade Maxime somnat, men när han hörde sin mammas röst så vaknade han.

"Var har ni varit?" undrade Milla.

Besvikelsen gick inte att dölja och tittade ner i golvet. Hon kände hur enormt mycket hon skulle sakna sin lillebror som snart skulle ryckas ifrån henne igen.

"Henrik blev så förtjust i den här platsen. Så vi började söka på nätet efter lediga hus att hyra. Vi ringde en man som hette Åke. Han hade ett hus att hyra ut. Vi var och tittade på det och bestämde oss för att hyra det på obestämd tid", sa Jane.

Hon tittade stolt på Henrik.

Det blev för mycket för Milla. Töcksfors var platsen hon skulle flytta till för att få lugn och ro. Hur kunde hennes mamma ens komma på tanken att flytta dit?

KAPITEL 44

"Jag vill bo hos Milla och Elna", sa Maxime.

Han kramade sin nalle. Jane tittade från Milla till Elna och tillbaka på Maxime igen. Hon såg uppgiven ut, men blev inte arg som Milla bävat för. Hade hon slutat dricka? "De får gärna bo här, både Milla och Maxime, men det här måste skötas ordentligt. Imorgon får du ringa er kontaktperson på Socialen i Göteborg", sa Elna bestämt.

"Jag vill bo hos Milla och Elna", upprepade Maxime.

Jane satte sig på huk intill sin son och talade till honom med mjuk röst.

"Du får bo kvar här om du vill."

"Ni får gärna komma och hälsa på oss ibland", sa hon till Milla.

Sedan vände hon sig om för att gå. Kanske var hon ledsen, men hon visade det inte.

Maxime hade redan satt sig för att leka med tågrälsen och tåget i vardagsrummet.

Jane vände sig mot Milla innan hon stängde dörren.

"Ring mig om han ångrar sig. Huset vi hyr ligger i Fågelvik ungefär en mil härifrån. Kom och hälsa på om ni vill", sa hon.

Milla gick till sin bror. Hon behövde honom mer än någonsin. De lekte med tågbanan och bearbetade det som hänt tillsammans.

"I det här huset bor mamma och Henrik", sa Milla.

Hon satte ett litet hus av trä långt från tågbanan.

"Här bor vi", sa Maxime.

Han satte ett hus intill tåget.

"Nu kommer tåget! Tut! Tut!" hojtade Milla.

Stämningen i huset var den vanliga trygga nu när Jane inte längre var närvarande.

När Maxime hade somnat ville Elna fortsätta skriva på boken.

"Det kommer ordna sig. Nu ska vi tänka på något roligt. Jag ska på dejt med Trond."

I den stunden kunde inte Milla glädjas med Elna. Istället var hon uppfylld av besvikelse och frustration. Hon kunde inte sluta tänka på sin mamma. Hur kunde hon lämna bort sitt barn? Det var helt obegripligt. Skulle inte en mamma slåss med näbbar och klor för att få behålla sina barn?

"Jag måste gå en promenad innan vi sätter oss och skriver", sa Milla.

Hon tog på sig sin gröna jacka och gick ut i den svala sommarkvällen.

Hon vandrade längs kanalen och såg en motorbåt komma närmare. Det såg ut att vara en båt i samma storlek som hennes tjänstebåt. När båten var jämsides med Milla, så stängdes motorn av. Milla som gått i rask takt gick långsammare och tittade upp.

"Bor Elna kvar i huset?" undrade killen som körde båten.

Milla nickade. Hon var upptagen med sina egna känslor och ville bara gå vidare. Men plötsligt slog det henne att det kanske var någon Elna vill träffa igen. Det kanske var pojken som bott hos Elna en kort period.

"Du kan väl hälsa henne att flaggan är i topp", sa han.

Därefter startade han motorn och körde vidare.

En del av Milla ville springa hem till Elna innan han hann köra iväg. En annan del av henne ville gå vidare längs kanalen, förbi kyrkan, förbi Turistgården och djupt in i skogen. Där ville hon slå på träden och skrika precis som Ronja Rövardotter.

Hon sprang den sista biten in i skogen. Snart fann hon en stor gren. Den var tung, men det hindrade inte Milla från att slå på stenar och trädstammar. År av frustration fick utlopp. Hon glömde tid och rum. Till slut var hon så utmattad att grenen föll till marken. Hon lutade sig mot ett träd. Snart kramade hon trädet och lät tårarna komma. Ett lugn sköljde över henne och ett rådjur passerade utan att ta notis om Millas existens. Att få vara ett med naturen var en ny upplevelse för Milla. Hon kände hur trädet doftade bark och mossa. Mellan trädtopparna såg hon himlen i skymningsljus. Det var stärkande att besöka skogen. Hon insåg att hon hittat ett sätt att få agera ut hela sitt känsloregister, men utan att såra de hon älskade.

KAPITEL 45

När Milla smög in i köket för att ta sig något att äta var klockan långt efter midnatt. Till sin förvåning såg hon Elna sitta och skriva på datorn. Hon var så upptagen med att hitta rätt bokstäver med pekfingrarna att hon inte upptäckte att Milla kommit hem. Milla öppnade kylskåpet utan att säga något. Elna vände sig om och tog av sig sina läsglasögon.

"Jag har skrivit ett kapitel om 1939", sa hon.

Elna såg stolt ut.

"Inte illa", sa Milla.

"Hur mår du Milla? Var har du varit?"

Elna såg orolig ut.

"Jag gick till skogen och slog på träd. Det var underbart. Det slutade med att jag kramade ett träd."

"Bra vännen! Bra! Jag har varit orolig för dig!"

Elna ställde sig upp för att hämta något. Då mindes Milla plötsligt vad som hänt flera timmar tidigare, mötet med killen i båten.

"Flaggan är i topp", sa hon.

Elnas ansikte blev genast vitt som snö och plötsligt vacklade hon till. Milla skyndade sig fram för att ta emot henne när hon var på väg att svimma. Hon hjälpte henne tillbaka till kökssoffan. Lade henne ner och såg till så att hennes fötter kom i högläge över kökssoffans ena armstöd.

Sedan sprang Milla för att hämta en handduk som hon vätte med kallt vatten i kökskranen. Milla ångrade att hon sagt hälsningen utan förklaring. Elna blundade men andades fortfarande. Milla baddade hennes panna och kände samtidigt på pulsen på Elnas handled. Den skenade. Vad hade hon gjort? Hade Elna drabbat av en hjärtinfarkt?

KAPITEL 46

"Elna, vakna", skrek Milla.

Hon tog ner fötterna från armstödet och placerade henne Elna i framstupa sidoläge. Soffan var trång och Milla fick flytta på bordet. Tårarna rann längs hennes kinder och som en flodvåg kom alla minnen över henne. Hon mindes hur hon lagt sin mamma på sidan för att hon var rädd att hon skulle kräkas och dö av sina egna spyor. Rädslan grep tag i henne precis som då. Paniken gjorde det svårt att andas.

Till slut öppnade Elna ögonen, men hon sa ingenting. Hon låg helt orörlig på soffan.

"Hur mår du?" undrade Milla.

"Det var något jag mindes", sa Elna.

Hon var återigen tyst och tittade upp i taket, som om hon fortfarande var försjunken i gamla minnen.

I väntan på att Elna skulle berätta vad som tyngde henne somnade Milla med huvudet mot köksbordet. När hon vaknade igen var Elna fortfarande blek, men hon satt upp och skrev på datorn. Milla gnuggade yrvaket sina ögon och satte sig upp.

"Vad var det som hände?" frågade Milla.

Elna tittade upp och granskade henne.

"Det var mitt och Linus kodord för när Frans var nykter. Det var de dagar vi kunde leka hur mycket vi ville. Vi kunde ha vattenkrig, leka gömma nyckel och kurragömma, utan att Frans blev arg. Det var dagar med flaggan i topp. Dagar värda att firas."

"Han var här Elna.'

Milla berättade att hon träffat Linus. Hur han kommit med motorbåt och stannat utanför Elnas hus.

"Han frågade om du bodde kvar. Sedan sa han de där orden innan han åkte vidare."

Elna fick lite färg i ansiktet igen och Milla andades ut. Hon tog fram två glas, fyllde dem med vatten och gav ett till Elna. "Hans föräldrar var också alkoholister. Kanske menade han att de är nyktra idag", sa Elna.

"Jag vet att vi borde sova, men jag vill läsa det här kapitlet för dig innan vi går och lägger oss", sa hon sedan.

När Milla satte sig mitt emot henne började hon läsa.

KAPITEL 47
År 1939

Andra världskriget är här och jag har bett Algot att stanna i Arvika. Lilly är nu 19 år och har fått arbete på ett ålderdomshem inne i Arvika. Chefen ger henne beröm i stort sett varje vecka. Vi är stolta föräldrar och så tacksamma för att hon berikar våra liv. Vi går promenader om kvällarna och plockar blommor tillsammans, Lilly och jag. På hemvägen stannar vi ofta vid Astrids minnessten under eken och sätter blommorna i en vas.

Vi väntar på att Lilly ska möta sin första kärlek, men än har hon inte kommit hem och berättat om någon man. Vi vill inte stressa henne, så vi frågar inget.

Hon talar om att bli inneboende hos en äldre kvinna i Arvika. Jag har ju förstått att den här dagen skulle komma, men inser att det inte går att förbereda sig på det. Hon har ännu inte flyttat, men jag saknar henne bara av tanken. Det är som om en del av mig ska lämna herrgården och jag har börjat besöka älven allt oftare. Jag önskar så att Astrid var här, så att vi kunde dela detta tillsammans. Jag borde glädjas åt att vi har Lilly hos oss, men jag känner djup sorg. Mitt barn. Mitt barn.

KAPITEL 48

Milla kände fortfarande en sorg hos Elna och en morgon när Elna, Milla och Maxime åt frukost tillsammans berättade Elna att hon ställt in dejten med Trond.

"Vad synd!" sa Milla.

När Maxime gått från bordet frågade Milla om Elna orkade fortsätta skriva på boken om kvällarna eller om hon behövde vila i några dagar.

"Vi fortsätter ikväll", svarade Elna.

Det var ombytta roller. Milla var fortfarande ledsen över sin mammas agerande, men Elnas sorg var avgrundslik. Hon hade våndats ett helt liv över att hon lämnat Linus. Det hade inte gått en dag utan att hon tänkt på honom. Milla ville inte belasta henne ytterligare. Millas egna känslor fick stå tillbaka. När de svallade över kunde hon gå ut i skogen och leva ut sin frustration och ilska, vila kinden mot trädets bark när hon behövde gråta.

"Jag förstår Karins sorg över att Lilly ska flytta, men hon fick leva nitton år i samma hus som sitt adoptivbarn. Jag fick leva trehundrafem dagar i samma hus som mitt fosterbarn och sedan var det som om han inte fanns längre. Jag la hela skulden på Frans, men kunde inte säga det till honom förrän efter begravningen, när han låg i en kista nedsänkt i ett hål i marken. Nu inser jag att jag la lika mycket skuld på mig själv. Det var ju jag som utsatte pojken för allt detta. Jag tog honom från sina alkoholiserade föräldrar till ett hem med en berusad man."

Milla visste inte vad hon skulle säga. Det fanns inget som kunde trösta Elna, men kanske kunde hon få henne på andra tankar en stund.

"Jag tänkte att vi kunde åka dressin idag. Jag är ledig från arbetet vid slussen."

KAPITEL 49

Dressinåkningen var precis vad Milla och Elna behövde, få miljöombyte och tänka på annat en stund. Alla tre fick plats på det trehjuliga fordonet. Milla trampade medan Elna och Maxime satt bredvid.

Milla kände en sådan obeskrivlig lycka när de svischade fram i skogen. Maxime fick syn på en hare och skrattade förtjust och Elna log ett leende som nådde ögonen.

För en kort stund åkte dressinen intill bilvägen och en buss passerade dem. Milla tänkte på när hon själv satt ombord på en buss på väg till Töcksfors. Hon var livrädd för vad som väntade henne och undrade vad hon gett sig in på. Så mycket hon hade upplevt sedan dess.

Hon visste inte vad hon skulle göra efter sommaren och arbetet som slussvaktare. Kanske kunde hon skriva en självbiografi, en bok om sitt liv.

"Vatten! Vatten!" ropade Maxime.

De närmade sig en sjö.

"Det här blir en perfekt plats för en fika", sa Elna.

När alla klivit av dressinen, lyfte Milla den av spåret, så att andra dressinåkare kunde passera. De gick ner till strandkanten. Milla och Elna hjältes åt att breda ut en filt medan Maxime jagade en fjäril, som flög från blomma till blomma.

Utflykten kändes som en nystart och Elnas bullar smakade ljuvligt.

"När ska du träffa Trond?" sa Milla.

"Vi har faktiskt pratat en hel del i telefon. Jag måste erkänna att jag är väldigt nyfiken på den här mannen, som du hittat till mig. Han är väldigt trevlig och har både humor och empati."

Det bestämde sig för att ta dressinen tillbaka till Årjäng igen efter att de hade fikat.

När de satt i bilen på väg hem till Töcksfors ringde Jane. Hon berättade att hon pratat med socialsekreteraren i Göteborg och att ett möte var bokat med socialen i Årjäng.

Elna hade varit där vid ett tillfälle under sommaren och var godkänd som jourhemsfamilj. Det kändes tryggt.

KAPITEL 50

Elna var fortfarande nedstämd, men ville ändå fortsätta arbeta med boken.

Trond ringde varje dag och hans telefonsamtal gjorde Elna mindre illa till mods.

"Jag hade en fosterson en gång och nu har jag fått veta att han är i Töcksfors på besök", hörde Milla henne säga. Trond verkade vara en förstående man. Han tycktes trivas med att prata med Elna i telefon och hade inte bråttom med att träffas.

När de arbetade med vissa av Karins dagböcker upplevde de att beskrivningarna inte förde historien framåt, så som krävs i en bok. Elna förslog att Milla skulle kontakta Lilly för rådgivning hur de skulle göra med dessa avsnitt.

Milla antog Elnas förslag och ringde Lilly. För henne var slutet i boken särskilt viktigt. Hon berättade att hennes liv varit lugnt från åren då hon var tjugo fram tills hon var i trettiofemårsåldern, men att hon var medveten om att dessa år var smärtsamma för hennes mamma.

"Ni behöver inte skriva om alla hennes samtal med min biologiska mamma vid hennes minnessten eller alla gånger hon grät vid älven. Jag tror att ni kommer få fram hennes känslor ändå. Koncentrera er på bokens avslutning. Min gåva till mina medmänniskor är att inte frukta döden."

89

KAPITEL 51
År 1945

Kriget är äntligen slut. Vi har precis firat Lillys tjugofemårsdag. Hon är inneboende hos den gamla damen i Arvika. Rummet är omöblerat. Vi har gott om möbler här i herrgården. Både jag och Algot tycker att hon kan ta det hon behöver.

Det är tur att jag har mitt arbete som lärarinna annars hade jag längtat ihjäl mig efter henne. Jag besöker Astrids minnessten allt oftare. Det känns skönt att berätta för henne om vad som hänt i skolan och återberätta Lillys upplevelser inom äldrevården.

År 1952

"Vad gör vi när huset är för stort för oss? När vi är så gamla och gaggiga att vi går vilse?" frågade jag Algot och Lilly en dag när vi åt middag tillsammans.

"Ni flyttar in till mig så klart?"

"Till ditt lilla rum?" utbrast Algot.

"Nej, nej, pappa. Till ålderdomshemmet."

Lilly är 32 år och ett mycket omtyckt vårdbiträde på sitt arbete. Vi är så stolta.

"Finns det någon bättre plats att dö på än i armarna på vår dotter", sa Algot.

Det var senare samma kväll. Han pussade mig god natt och jag tyckte mig ana en tår i hans ögonvrå. Min fina känslosamma make.

Vi är till åldern komna, 72 år, men arbetar fortfarande.

KAPITEL 52

Varje dag när Milla kom hem efter en arbetsdag på slussen, så ropade Maxime hennes namn, sprang han henne till mötes i hallen och kastade sig i hennes famn. Det var precis som den gången de möttes vid slussvaktarstugan för några veckor sedan.

Milla tänkte på Karin och Lilly varje gång det inträffade. Det var den finaste kärleksförklaring en människa kunde få.

Hon gick in i köket med Maxime på höften.

"Mmm, här doftar det våfflor", sa Milla.

Elna tog en skopa med smet och hällde i våffeljärnet.

"Jag har bjudit hit Trond."

När de arbetade med boken dagen innan hade Elna kommit till insikten att hon inte ville dö ensam.

Milla blev påmind om hur mycket Elna förändrats under sommaren och mindes den arga och bittra dam som suttit och gömt sig bakom rosenbuskarna.

"Vilken tid kommer han?" undrade Milla.

Hon satte Maxime i sin barnstol intill köksbordet.

"Åååååfflor", ropade han.

Han gjorde sig redo att äta genom att greppa tag i kniv och gaffel anpassad för barn.

"Han kommer vilken minut som helst", sa Elna.

Det blev en trevlig dag med Trond. Han följde med Elna till bryggan innan han åkte hem. Han insisterade på att hjälpa henne att ordna med staket och annat inför våffelcaféet.

Milla kikade försiktigt ut genom fönstret. Hon försökte gömma sig bakom gardinen, men lyckades inte särskilt bra.

Hon såg hur Trond böjde sig ner mot Elna innan han satte sig i bilen. En puss! En puss! Milla kände hur hennes hjärta sjöng av glädje.

KAPITEL 53

"Jag ser att du, Jane, numera är folkbokförd här i Årjängs kommun. Närmare bestämt Fågelvik."

Socialsekreteraren tittade över kanten på sina svartbågade glasögon.

"Det stämmer", sa Jane.

"När Elna ringde förstod jag att Ludmila och Maxime vill bo kvar hos henne trots att du flyttat till Fågelvik. Det är ju egentligen ett jourhem för en tillfällig placering."

"Ja, det stämmer. Jag vill att det ska bli en permanent placering. Jag skulle gärna vilja träffa mina barn varannan helg."

Jane tystnade och för första gången på mycket länge kunde Milla skymta smärtan i hennes kroppsspråk, när hon blundade och sjönk ihop.

Kanske hade hon slutat dricka och kunde återigen känna och visa sina känslor.

"Det är ett bra förslag Jane. Skulle du kunna tänka dig att träffa Maxime hemma hos Elna till att börja med?"

Jane nickade.

"Kanske kan du, Elna, besöka förskolorna tillsammans med Jane, Maxime och Ludmila?" föreslog socialsekreteraren.

Innan de gick fick Elna och Jane var sin broschyr om förskolorna Dungen och Stommen i Töcksfors.

När de kom ut på parkeringen stod Henrik utanför bilen och väntade på dem.

"Ni kan åka med oss om ni vill", sa han.

Maxime släppte Millas hand och tog sin mammas hand en kort stund. Jane satte sig ner på huk och tårarna strömmade ner för hennes kinder.

"Tack min älskling", sa hon.

"Elna planerar att öppna ett våffelcafé. Ni kanske vill komma på invigningen?" sa Milla.

"Tack Ludmila", sa Jane.

Hon tog sin dotters hand och från fickan på jeansshortsen tog hon upp ett brev.

"Läs det när du kommer hem."

De tackade nej till erbjudandet om att åka med Henrik och Jane till Töcksfors. Istället tog de bussen som planerat.

Milla tyckte inte att Henrik verkade ha samma problem som Jane. När Milla varit hos Åke och Marianne och sagt upp slussvaktarstugan berättade Åke att Henrik och Jane åkt med i hans röda pickup, när han visade dem huset i Fågelvik.

"Han var väldigt glad och positiv. Din mamma var tyst. Henrik var väldigt imponerad av vår grönska här i Töcksfors", sa Åke.

"Vi bjöd in dem på kaffe", sa Marianne. "Din mamma var orolig och hade svårt att sitta stilla medan Henrik gärna ville lära känna oss och inte verkade bry sig om hennes oro. Han verkade vara van."

Det var första gången Milla upplevt att hennes mamma hade en relation med en man utan missbruksproblematik. Kanske var det därför hon äntligen var drogfri. Milla önskade att Jane träffat en man som Henrik tidigare i livet.

Hon höll hårt om brevet hon fått av sin mamma. När hon satt på bussen vek hon försiktigt upp det och började läsa. Hon kunde inte hålla tillbaka tårarna.

Min Ludmila,

Du kanske inte tror att jag skäms för allt jag utsatt dig och Maxime för, men det gör jag. Alkohol har varit ett sätt för mig att glömma vilken dålig mamma jag är. Jag går på möten med Anonyma Alkoholister och hoppas att det kan hjälpa mig.

Glöm inte att jag älskar dig Milla!

Kram Mamma

KAPITEL 54

På bussen på väg hem till Töcksfors satt Elna och Maxime bredvid varandra.

Elna förstod att Milla behövde lite egentid.

"Nu ska vi beställa riktiga sängar till er", sa hon.

"Våningssäng?" undrade Maxime.

"Nej, det får allt bli vanliga sängar", svarade Elna. Hon skrattade.

Milla hörde hennes skratt, torkade sina tårar och satte sig i sätet bredvid dem.

"Milla, skulle ni kunna vara ensamma hemma ikväll? Vi kan väl fira att ni ska bo hos mig permanent i morgon?", undrade hon.

"Åfflor", ropade Maxime.

"Ja, vi firar med våfflor. Vilken bra idé!" svarade Elna.

Hon hade övat på att göra frasiga våfflor flera dagar i rad.

"Ska du träffa Trond ikväll? Visst fick du en puss innan han åkte?" undrade Milla.

"Ja, och vet du vad. Jag tror att det var minst ett årtionde sedan en man pussade mig senast."

Milla uppskattade Elnas positiva energi. Det var som om den spred sig i hela bussen.

KAPITEL 55
År 1962

Vi har bott på ålderdomshemmet i några månader. Ja, snart är det väl ett år.

Algot sista dag i livet blev en lördag. Lilly baddade hans panna. Hon hade sett till så att våra sängar stod intill varandra. Jag höll hans hand när han tog sitt sista andetag.

Ikväll när Lilly skulle gå hem för dagen visste jag inte om det var sista gången jag såg henne i livet.

"Din mamma skulle varit stolt över dig. Jag älskar dig min dotter!" sa jag.

Hon är en sann ängel som arbetar på sina föräldrars ålderdomshem.

Kanske är dessa ord de sista jag skriver i min dagbok, då jag kanske somnar in för gott i natt. Jag kommer dö lycklig och möta Algot och Astrid i Guds hus.

KAPITEL 56

Elna och Milla kunde inte sluta gråta. Det var många känslor som väcktes, Karins sista ord i dagboken innan hon dog och att boken var färdigskriven. De kände tomhet.

Det var som om de haft Karin, Algot och Lilly som extra gäster i Elnas hus under hela juli och halva augusti. Nu var det dags att ta farväl och ingen av dem kände sig redo.

Både Elna och Milla hade arbetat intensivt med boken de senaste dagarna. De var väl medvetna om att också Lilly kunde ta sitt sista andetag inom kort.

"Jag skickar boken för provtryck imorgon. Boktryckeri som Lilly kontaktat kan ha den klar inom fjorton dagar", sa Milla.

Hon kramade Elna.

De torkade tårarna och hörde hur Maxime rörde sig på övervåningen. I ett av rummen med snedtak hade de gjort ett barnrum till honom. Trond hade hjälp dem att sätta en grind vid trappan.

"Miiiiiilla! Eeeeelna!", ropade han.

Klockan skulle precis passera midnatt. Milla gick upp för trappan, öppnade grinden och bar ner Maxime. Han var sömnig och la sitt varma huvud tungt mot hennes axel.

"Tårar", sa han.

Millas tårar hade fuktat hans kind. Han torkade bort dem med sin pyjamasärm.

När Milla satte sig intill Elna i kökssoffan somnade han igen.

"En undersköterska på Lillys äldreboende ringde mig igår när jag var på jobbet", viskade Milla.

"Lilly hade bett henne ringa mig för att bjuda in mig till firandet av hennes nittioåttaårsdag. Det är om exakt två veckor. Tänk om provexemplaret kunde vara klart till dess, så att jag kan läsa det för henne."

Millas ögon lyste. Elna kramade om både henne och Maxime på en och samma gång. Hon var deras extramamma nu.

Innan Milla somnade skrev hon ett blogginlägg om Lillys bok och skissade en teckning som föreställde minnesstenen, som det stod *Astrid 1920* på. Den stod under en ek.

Boken är det finaste och sorgligaste jag någonsin skrivit, avslutade hon blogginlägget.

KAPITEL 57

"Grattis på nittioåttaårsdagen", sa Milla.

Hon räckte fram en bukett med rosor från Elnas trädgård.

"Åh, vilka vackra rosor!" utbrast Lilly.

Hon log med sitt söta, rynkiga ansikte. Ögonen gnistrade likt diamanter och på bordet intill prinsesstårtan låg ett första provexemplar av boken om Lillys och hennes adoptivmammas liv. Nu fanns allt bevarat för tid och evighet.

Personalen hade dukat för alla på boendet, samt en extra plats för Milla. Hon fick sitta intill Lilly.

"Ska vi äta tårta först, så går vi in till mig sedan, så får du läsa den del av boken jag ännu inte fått höra?" undrade Lilly.

Milla nickade.

Lillys vänner på äldreboendet gratulerade henne med sång och boken skickades runt.

Milla var nervös när de gick till Lillys rum.

"Du får gärna sitta i min röda fåtölj", sa Lilly.

Hon var trött och ville ligga i sin säng och lyssna.

När Milla läst klart trodde hon att Lilly somnat, men hon hade hört vartenda ord.

Rösten var andäktigt och fjärran när Milla kramade henne hejdå.

"Nu kan jag somna in när jag vill. Mitt livsverk är avklarat tack vare dig och Elna", sa hon.

KAPITEL 58

Milla blandade saft i Elnas kök och genom fönstret såg hon hur Trond monterade upp skylten *Elnas våfflor* på det nybyggda räcket runt bryggan. På förmiddagen hade de hjälpts åt att bära cafébord och stolar från Tronds släpkärra.

"Maxime", ropade Milla.

Han var mitt i en lek med tåget och pratade om Paul. Det verkade som om de byggde tågräls tillsammans.

Efter att ha stått och lyssnat på hans lek en stund berättade Milla att Elnas café var färdigt.

"Ååååfflor!" gastade han.

Glatt skuttade han efter Milla ut på den lilla gräsmattan. Innan de hann fram till bryggan hörde de Jane ropa.

Hon hade på sig en vacker lila klänning och överlämnade tulpaner till Elna.

Henrik började genast hjälpa Trond med skylten.

Elna hade placerat ut små vita dukar och en vas på varje bord. I varje vas fanns ljusrosa rosor från hennes trädgård. Nu stod hon vid våffeljärnet.

"Välkomna till invigningen av *Elnas våfflor*", sa Elna.

Alla var så fokuserade på invigningen att de inte sett motorbåten som lagt till vid bryggan.

Linus stod intill Trond och Henrik.

"Hej!", sa han.

Elna vände sig om och det var som år av oro släppte taget om henne. Hennes axlar sjönk och ögonen tårades.

"Åh", sa hon.

Sedan kramade hon om honom.

Milla och Jane hjälptes åt att servera våfflor, så att Elna och Linus fick tid att prata.

KAPITEL 59

Träden lyste i rött och gult, färgglada löv virvlade runt Millas svarta tunna skor. Hon gick armkrok med Elna över den solbelysta kyrkogården. Den natt som Lilly tog sitt sista andetag hade Millas dator startat igång och skärmens ljusa sken hade väckt henne. I Millas nya bokmanus blinkade markören vid orden *Slussvaktarinnan i Töcksfors*. Det var som om Lilly ville säga tack och sluta aldrig att skriva.

Begravningsföljet bestod av ett fåtal av Lillys äldre vänner, undersköterskan Lena och prästen. Milla och Elna fick gott om tid att ta ett sista farväl innan kistan sänktes ner i marken. När kyrkvaktmästarna halade ner den fanns Lillys bok på dess lock.

Vi ses i Guds hus. Sluta aldrig skriva.